「志士惜年，贤人惜日，圣人惜时」，每一寸时光都有开谢，只要珍惜，纵使在芒花盛开的季节，也能见出美来。

扫码加入林清玄读书会

柔软的时光

林清玄 著

湖南文艺出版社
HUNAN LITERATURE AND ART PUBLISHING HOUSE

博集天卷
CS-BOOKY

图书在版编目（CIP）数据

柔软的时光 / 林清玄著 .—长沙：湖南文艺出版社，2018.5
ISBN 978-7-5404-8580-1

Ⅰ . ①柔… Ⅱ . ①林… Ⅲ . ①散文集 – 中国 – 当代 Ⅳ . ①I267

中国版本图书馆 CIP 数据核字（2018）第 038851 号

著作权合同登记号：18-2017-203

上架建议：畅销书 | 文学

ROURUAN DE SHIGUANG
柔软的时光

作　者：林清玄	
出 版 人：曾赛丰	
责任编辑：薛　健　刘诗哲	
监　制：于向勇　秦　青	
特约策划：小　麦	
策划编辑：刘　毅	
文字编辑：张　伟	
版权支持：文赛峰	
营销编辑：刘晓晨　刘　迪	
封面设计：粉粉猫	
版式设计：李　洁	
封面插图：田旭桐	
内文插图：田旭桐	
出版发行：湖南文艺出版社	
（长沙市雨花区东二环一段 508 号　邮编：410014）	
网　　址：www.hnwy.net	
印　　刷：三河市嘉科万达彩色印刷有限公司	
经　　销：新华书店	
开　　本：875mm×1270mm　1/32	
字　　数：150 千字	
印　　张：8.5	
版　　次：2018 年 5 月第 1 版	
印　　次：2018 年 5 月第 1 次印刷	
书　　号：ISBN 978-7-5404-8580-1	
定　　价：49.00 元	

若有质量问题，请致电质量监督电话：010-59096394
团购电话：010-59320018

柔软的时光

柔软的时光

目录 ●● CONTENTS

第一辑
心灵的护岸

人生活在某时某地，正如贝壳偶然落在红砖道上。我们不知道从哪里、为何、干什么来到这个世界，不能明确说出原因就迁徙到这个城市，或者说是飘零到这陌生之都。

『我为什么来到这世界？』这句话使我在无数春天中辗转难眠。答案是渺不可知的，只能说是因缘的和合，而因缘深不可测。

第二辑

家家有明月清风

人的贫穷不是生活的困顿，而是在贫穷生活中失去人的尊严；人的富有也不是财富的累积，而是在富裕生活里不失去人的有情。人的富有实则是人心灵中某些高贵特质的展现。

家家都有明月清风，失去了明月清风才是最可悲的！

第三辑

无声落地

·三·

他抬头看那株挺高的木棉，花已经落尽，枯干似的枝丫互相对举，他感觉到落了花的木棉树像是他送她的一株珊瑚，心在那一刻抽痛起来。多年的情感如同木棉的棉絮，有非常之美，春天一过，它就裂开，四散飘飞，无声落地。

／

第四辑

家有香椿树

那些岁月虽在我们的流年中消逝，但借着非常非常微小的事物，往往一勾就是一大片。仿佛是草原里的小红花，先是看到了那朵红花，然后发现了一整片大草原，红花可能凋落，而草原却成为一个大的背景，我们就在那背景里成长起来。

第五辑
花季与花祭

如果你说，在台湾，秋天可以送什么礼物，我想，有空和朋友去看芒花吧！「岭上多芒花，不只自愉悦，也堪持赠君。」

某年某月某一天，一起看过芒花的人，你还安在吗？有空去看芒花！那些坚强的誓言，正还魂似的，飘落在整个山坡。

第六辑
阳春世界

阳春面其实不只是一碗面，我们这一代的人都是从那个阳春世界里走过来的。阳春世界不见得是好的世界，但却是一个干净、素朴、有着人间暖意的世界。

/

人生活在某时某地，正如贝壳偶然落在红砖道上。我们不知道从哪里、为何、干什么来到这个世界，不能明确说出原因就迁徙到这个城市，或者说是飘零到这陌生之都。

「我为什么来到这世界？」这句话使我在无数春天中辗转难眠，答案是渺不可知的，只能说是因缘的和合，而因缘深不可测。

柔软的耕耘

　　童年时代，家里务农，种了许多作物，不管要种什么，父亲带我们做的第一件事情就是翻松土地。

　　如果是种稻子或甘蔗，就用牛犁，一行一行地把土地翻过来，再翻过去，最少要把两尺深的硬土整个松过一遍。父亲的说法是："土地是有地力的，种过的土地表层已经耗去地力，所以要把有地力的沙土，从深的地方翻出来。而且，僵硬的土地是什么作物也不能种植的，柔软的土地才是有用的土地。"

　　如果是尚未种过的土地，就要用锄头松土，因为怕把牛犁损坏了。先要把地上的杂草拔除，然后一锄一锄地掘下去，掘起来的土中夹着石头，要把石头拾到挑篮里。这些石头被挑到田畔去做水圳，以利灌溉和排水，并保护土地。

第一次耕种的土地要掘到四尺深，工作是非常繁巨的。

"为什么要掘这么深？"有一次我问父亲。

他说："不管是种什么作物，根是最要紧的。根长得深，长得牢固，作物的生长就没有问题。要根长得深和牢固，就要把石头和野草的根彻底地除去，要使土地松软。土地若是不松软，以后撒再多肥料也没有用啊！"

童年松土的记忆深埋在我的心里，使我知道强根固本的重要性，但若没有柔软的土地，强根固本也就成为妄谈。人也和土地一样，要先把心地松软了，一切菩提、智慧、慈悲，以及好的良善的品性，才有可能长得好。即使是年年长好作物的农田，也要每年除草、松土，才能种新的作物。

因此，一切正面的品德，最基础和根本的就是有一颗柔软的心。

柔软心在佛教的经典里常被提到，例如把十地菩萨的第五地称为"柔软地"。如来常教我们要有柔软的心、柔软的行为、柔软的语言，要柔顺、柔法、柔和忍辱、柔和质直。

例如在《法华经》里，佛就说柔和忍辱是如来的心，如果一个人有柔和忍辱的心，就可以防止一切嗔怒的毒害，如衣服可以抵挡寒热一样。佛说："如来衣者，柔和忍辱心是。""诸有修功德，柔和质直者，则皆见我身，在此而说法。"

例如在《大集经》里，佛说："于众生中常柔软语故，得梵音相。"因而把如来温和柔软的声音，称为清净殊妙之相。

什么是柔软心呢？就是不执着、不染杂、不僵化、能出淤泥而不染的心，是指慧心柔软的人，能随顺真理，既能随顺人的本性不相违逆，又能与实相之理不相乖违。所以在《往生论注》里说："柔软心者，谓广略止观相顺修行，成不二心也。譬如以水取影，清净相资而成就也。"那么，柔软心也可以说是不二的心，不分别的心，清净的心。

有柔软心的人才能真正地生起道德，也才能以这种柔软使别人生起道德。贤首菩萨曾说："柔和质直摄生德。"意思是慈悲平等、质直无伪的人，才能摄化众生进入正法。

我们都知道，佛教里以清净的莲花作为法的象征。莲花的十喻里第六喻就是："柔软不涩，菩萨修慈善之行，然于诸法亦无所滞碍，故体常清净，柔软细妙而不粗涩，譬如莲花体性柔软润泽。"（《除盖障菩萨所问经》）所以，莲花也叫作"柔软花"。

据说在天界最鲜白柔软的花曼殊沙华，也叫作"柔软花"。不知道莲花与曼殊沙华是不是相同，但是把人间、天上最美的花都叫作"柔软花"，可以见到其中蕴含的深切寓意。在西方净土诞生的人不也是在莲花上化生吗？可见，柔软，是独步于天上、人间、净土的。一个拥有真正柔软心的人，在任何地方都是出入自在的。传说地藏菩萨在地狱行走的时候，焚烧人的烈焰，一时之间都化成柔软美丽的红莲花来承接他的双足哇！

有柔软地才会耕耘出柔软心，这不是来自印度的观念，中国本来就有。

传说老子的老师常枞要死的时候，老子去问法，请老师说出最后的教化。

常枞缓缓张开嘴巴，叫老子往嘴巴里看，问老子说："你看见什么？"

老子说："我只看见舌头。"

常枞说："牙齿还安在吗？"

老子说："牙齿都没有了。"

常枞说："这就是我给你上的最后一课。"

老子又问："而今而后，我要向谁请教？"

常枞说："你要以水为师，你可看河床的石头虽然坚硬无比，不久就被水穿成孔、流成槽了。"

说完，常枞就仙逝了。

这是中国古代讲柔软心的动人故事。常枞"以水为师"的教化可以和佛圆寂时说的"以戒为师"相互媲美。以水的柔软为师，能知道天下最坚强的是柔软；以戒的清净为师，能知道天下最有力量的是清净。

老子以水为师，说出了千古的真意："守柔曰强。""弱之胜强，柔之胜刚。""天下莫柔弱于水，而攻坚强者莫之能胜。""江海所以能为百谷王者，以其善下之，故能为百谷王。"老子是通达柔软心的真实开悟者。

柔软的水才能千回百转，或成平湖、或成瀑布、或成湍流，天下没有可以阻挡它的；柔软的土地才能生机绵延，或在平原、或在奇峰、或在污泥，都能展现生命的活力；柔软的心才能超越人生世相，或处痛苦、或陷逆境、或逢艰危，都能有着宽容、感恩、谦卑、无畏的心情。

故知柔软心是觉悟，是菩提、是般若波罗蜜多，是成就一切法门的根本心，也是一切法门成就的境界。

当我们说到修行，修行就是不断地松土、除草、捡石头，使土地维持在最好的状况吧！土地如果处在最好的状况，随便撒一把种子，生机就会有无限的绵延。

童年松土的时候，时常会踩到石头跌伤，锄伤自己的脚踝，被虫蚁咬肿，甚至偶遇西北雨，回家就感冒了。但只要知道那是使土地柔软所必须付出的代价，就能安于刺痛、锄伤与感冒。

　　每年,在土地完全翻松的时候,我站在田岸上,看着老牛吃草,白鹭鸶在土地上嬉戏,就仿佛已看见黄金色的稻子在晨风中点头微笑,看见了油菜嫩黄的花枝上有彩蝶翩翩,看见了和风吹拂在翠绿的芋叶上,看见了夕照前的晚霞横过天际……

　　在土地翻松那一刻,我们已看见收成的景致呀!一个人有了柔软心也如是,仿佛闻到了《法华经》说的"花果同时"的芬芳!

　　家里有一条因放置过久而缩皱了的萝卜，不能食用，弃之可惜。我找到一个美丽的陶盆试着种它，希望能挽救萝卜的生命。

　　没想到这看起来已完全失去生命力的萝卜，一接触泥土与水的润泽，不但立即丰满起来，并在很短的时间里抽出了翠绿的嫩芽。接下来的日子，我仿佛看着一个传奇，萝卜的嫩绿转成青苍，向四周辐射出长长的叶子，覆满了整个陶盆，看见的人无不盛赞它的美丽。

　　二十几天以后，从叶片的中心竟抽出花蕊，开出一束束淡蓝色的小花，形状就像田野间的油菜花。我虽然生长在乡下，从前却没有仔细看过萝卜开花，这一次总算开了眼界，才知道萝卜花原来是非凡的，带着一种清雅之美。尤其是从一条曾经濒临死亡的萝卜开出，更让人觉得它带着不屈的尊贵。

当我正为盛开了蓝色花束的萝卜盆栽欢喜的时候，有一天到阳台浇花，发现萝卜的花与叶子全不见了，只留下孤零零的叶梗，叶梗上爬满青色的毛虫。原来就在一夕之间，这些青虫把整株萝卜的花与叶子都啃光了。由于没有食物，每一只青虫都不安地扭动着，探寻着。

这个景象使我有一点懊恼和吃惊，在这么高的楼房阳台，青虫是怎么来的呢？青虫无疑是蛱蝶的幼虫，那么，是蛱蝶的卵原来就藏在泥土中孵化出来的？或者是有一只路过的蝶把卵产在种萝卜的盆子里的？为什么无巧不巧选择在开花的时候诞生呢？

我找不到任何答案，不过我知道，如果我不供应食物给这一群幼小的青虫，它们一定会很快死亡。虽然我为萝卜的惨状遗憾，但是似乎也没有别的选择了。

每天，我要做的第一件事就是摘几片菜叶去喂青虫，并且观察它们。这时我发现青虫终日只做一件事，就是吃、吃、吃，它们毫不停止地吃着菜叶，那样专心致志，有时一整天都不抬头。那样没命地吃，使它们以相等的速度长大和排泄，我每天都可以看出它们比前一天长大了，或下午看起来就比早晨大了一些。而且在短短几天内，它们排出的青色粒状粪便就把花盆全盖满了。

丑怪而贪婪的青虫，很快就长成两寸长的大虫了，肥满得像要漫出汁液。这时它们不再吃了，纷纷沿着围墙爬行，寻找适当的地点把自己肥胖的身体挂在墙上。青虫吐出一截短丝粘住墙，然后进入生命的冥想，就不再移动。

第一天，青虫的头部变成菱形的硬壳，只剩下尾巴在扭来扭去。

第二天，连尾巴也硬了，不再扭动。风来的时候，它挂在墙上摇来摇去。

第三天，它的身体从绿色转成褐色，然后颜色一直加深。

一星期后，青虫咬破自己的硬壳，从壳中爬出。它的两翼原是潮湿的、软弱的，但它站在那里等待，只是一炷香的时间，它的翼变干了、坚强了。这时，它一点也不犹豫，扑向空中，飞腾而去。

呀！那蝴蝶初飞的一刹那，有一种说不出的动人之美。它会飞到有花的地方，借着花蜜生活，然后把卵产在某一株花上。我想，看到这一群美丽的蝴蝶在春天的花园中上下翻飞，任谁也难以想象，就在不到一个月前，它们还是丑怪而贪婪的青虫，曾在一夜间摧毁了一棵好不容易才恢复生机的萝卜。

现在，青虫的蛹壳还不规则地成群挂在墙上，风来的时候仍摇动着，但这整个过程就像梦一样，萝卜真的死去了，蛱蝶也全数飞去了。世缘何尝不如此，死的死，飞的飞，到最后只留下一点点启示，一些些观察。人生因缘之流转，缘起缘灭真是不可思议。

如何在世缘中活得积极自在，简单地说就是珍惜每一个小小的缘。一根萝卜使一群青虫诞生，生出一群蛱蝶，飞向广大的天空，一个小的因缘有时正是这么广大的。

今早，我看到萝卜死去的中间又抽出芽来，心里第一个生起的念头是：会不会再有一只蛱蝶飞来呢？

柔软的时光

养着水母的秋天

　　我从南部的贝壳海岸回来时，带了两个巨大的纯白珊瑚礁石。

　　由于长久埋在海边，那白色珊瑚礁放了许多天都依然润泽，只是缓慢地脱去水分，逐渐露出外表上规则而美丽的纹理。但同时我也发现了，失去水分的珊瑚礁仿佛逐渐失去了生命的机能，连色泽也没有那样精灿光亮了。当然，我手里的珊瑚礁不知道在多久以前已经死亡，由于长期濡染海浪的关系，使它好像容蕴了海的生命，不曾死去。

　　为了让珊瑚礁不失去色泽与生机，我把它们放进一个巨大的玻璃箱里，那玻璃箱原是孩子养水族的工具，在鱼类死亡后已经空了许久。我把箱子注满水，并在上面点了一只明亮的灯。

在水的围绕与灯的照耀下，珊瑚礁仿佛重新醒觉了似的，恢复了我在海边初见时那不可正视的逼人的白色。虽然没有海浪和潮声，它的饱满圆润也如同在海边一样。

我时常坐在玻璃箱旁，静静地看着这两块来自海边极平凡的礁石。它虽然平凡，但是要找到纯白不含一丝杂质，圆得没有半点欠缺的珊瑚礁也不容易。这种白色的珊瑚礁原是来自深海的生物，在它死亡后被强劲的海浪冲击到岸上来。刚上岸的时候它是不规则的，要经过千百年一再的冲刷，才使它的外表完全被磨平，呈现出白玉一般的质地。

圆润的白色珊瑚礁的形成过程，本身就带着一些不可思议的神秘气息，宜于时空的联想。在深海里待了许多许多年，在海浪里被推送许多许多年，站在沙岸上许多许多年，然后才被我捡拾。如果我们从不会见，再过许多许多年，它就粉碎成为海岸上铺满的白色细沙了。面对海的事物，时空是不能计算的，一粒贝壳沙的形成，有时都要万年以上的时间。因此，我们看待海的事物——包括海的本身、海流、海浪、礁石、贝壳、珊瑚，乃至海边的一粒沙——重要的不是知道它历经多少时间，而是能否在其中听到一些海的消息。

海的消息？是的，就像我坐在珊瑚礁的前面，止息了一切心灵的纷扰，就听到从最细微处涌动的海潮音，像是我在海岸旅行时所听见的一般。海的消息是不论我们离开海边多久，都那样亲近而又辽远、细微而又巨大、深刻而又永久。

有一个从海岸迁居到都市的老人告诉我，从海岸来的人在临终的时候，转身面向故乡的海，最后一刻所听见的潮声，与他初生时听见的海潮音之第一印象，是完全相同的。"所以，从海边来到都市的人们，死时总面向着海，脸上带着一种似有若无、似笑非笑的苍茫神情。那种表情就像黄昏最后时刻，海上所迷离的雾气呀！"老人这样下着结论。

我边听老人说话，边起了迷思：那一个初生的婴儿，我们顺着他的啼声往前追索，不管他往什么方向哭，最后是不是都到了海边呢？那一个临终的老人，我们顺着他的眼睛往远处推去，不管他躺卧什么方向，最后是不是都到了海岸呢？我们是住在七山八海交互围绕的世界，所以此岸就是彼岸，彼岸就是此岸。都市汹涌的人群是潮水的一种变奏，人潮中迷茫的眼睛，何尝不是海岸上的沙呢？

对于海，问题不在我们的时空、距离、位置，问题在于我们能不能体贴海的消息。眼前的白色珊瑚礁在某些时候，确实让我想到临终时在心里听到海潮音的老人。他闭着眼睛，身体僵硬如石，石心里还有温暖的质地，那是属于海的部分，不能够改变的。

我养了那两块礁石很久，有一天，夜里开灯，突然看见水面上翻滚漂浮着一群生物，在灯光下闪动着荧光。我感到十分吃惊，仔细地看那群生物，它们的身体很小，小得如同初生婴儿小拇指上的指甲，身上的颜色灰褐透明，两旁则有无数像手一样的东西在划动着。当它浮到水面，一翻身，反射灯光，放出磷火一样的光芒。它身体的形状也像一片指甲，但也像一把伞，背后还有细微几至不可辨认的黑点。

这一群不知从哪里冒出来的生物就像太空船忽然来临，使我惶惑，到底这是什么生物？什么因缘突然出生在水箱里？我只能判别这群生物的诞生必与珊瑚礁石有关，其他什么都不知道。

直到有一天来了一位懂生物的朋友，他大叫一声："哎呀！这是水母嘛！"我们坐着研究半天，才做出这样的结论：水母是由体腔壁排卵，卵子孵化为胚以后，就会附着在海上的物体，像礁石一类，过一段时间从胚中横裂分离，就生出水母，一个胚分裂后会变成一群水母。我从海岸携回的白色珊瑚礁原来就有水母胚胎附着在上面，到水箱以后才分裂出了一大群小水母。

"这已经是最合理的推论了，不过，"朋友带着疑惑的表情说，"理论上，水母在淡水，尤其是自来水出生，一定会立刻死亡，不会活这么久。"我们同时把目光移向在水里快乐游动的水母，它们已经活了几十天，应该还会继续活下去。

朋友说："有一点似乎可以解释这奇怪的现象，有些科学家实验在水中生孩子，小孩生下来自然就会游泳。反过来说，水母在淡水中生活也不是不可能。"

接下来许多日子的深夜，我都会想着水母在水箱中存活的原因。它们在水箱中诞生的时候，并不知道这世界上有海，当然也没有海水的记忆，这使它们可以毫无遗憾地在注满自来水的玻璃箱中生活。水母和人其实没什么不同，今日生活在欧美严寒雪地中的黑人如何能记忆他们热带蛮荒中的祖先呢？

水母在水箱中活着，却也带给我一些恐慌，那是因为问遍所有的鱼店，没有一个人知道如何养水母，只好偶尔用海藻来喂它们。幸而水母也一天天长大了。养了一整个秋天，每一只水母都长得像大拇指指甲一样大了。自然，这些水母赢得了无数的赞叹，水族馆中任何名贵的水族也不能与之相比。

当我还在痴心妄想水母是不是可以长得像海面上的品种那么巨大的时候，水母就一只一只在箱中死亡，冬天才开始不久，一群水母就死光了。我找不出它们死亡的原因，是由于冬季太冷吗？海上的冬天不是比水箱更冷！是由于突然有了海的记忆吗？已经过了这么久，哪里还会在意！或者是由于某些不知的意识，突然抬头而意识到自己只能在海里生存吗？

　　水母没有给我任何回声，我唯一能确信的，是那些水母临终的最后一刻，一定能听见海的潮声，虽然它们初生时并未听见。

　　水母死后，我经历了一段时间的忧伤，就像海边的渔民遇到了东北季风。一直到有一天我和一群朋友相见，我指着水箱对他们说："在这个水箱里我曾经养过一群水母，养了一整个秋天。"竟然没有一个人肯完全地相信，因为水箱早已空了，只剩下两块失去海色的珊瑚礁。当朋友说"骗鬼！"的时候，我才真正从隐秘的忧伤中醒来。

　　海潮、水母、秋天、贝壳海岸，都是多么真实的东西，只是因为时间，所以不在了。

　　我想到带我去贝壳沙滩的朋友，他说："主要的是去见识整个海岸布满贝壳沙的情景，捡贝壳还是小事。"最后，我没有捡贝壳，却在海岸的角落带回珊瑚礁，于是就有了水箱、水母以及因水母而心情变化的秋天，还时常念记着海天的苍茫……这种真实，其实是时间偶遇的因缘。

　　因缘固然能使我们相遇，也能使我们离散，只要我们足够明净，相遇时就能互相听见心海的消息，即使是离散了，海潮仍然涌动，偶尔也会记起，海面上的深夜，水母美丽的磷光点缀着黑暗。

　　在时间上、在广大里、在黑暗中、在忧伤深处、在冷漠之际，我们若能时而真挚地对望一眼，知道石心里还有温暖的质地，也就够了。

我唯一的松鼠

　　我拥有的第一只动物是一只小松鼠，那是小学一年级的事了。小学一年级时，我家住在乡间，有一日从学校回家，在路边捡到一只瘦弱颤抖的小松鼠，身上的毛还未长全，一双惊惧的刚张开的眼睛转来转去。我把它捧在手上，拼命跑回家，好像捡到什么宝物，一路跑的时候还能感觉到松鼠的体温。

　　回家后，我找到一节粗大的竹筒，剖成两半，铺上破布，做了小松鼠的窝，可是它的食物却使我们全家都感到紧张。那时牛奶还不普遍，经过妈妈的建议，我在三餐煮饭的时候从上面捞取一些米汤，用撕破的面粉袋子蘸给它吃。饥饿的松鼠使劲吸吮着米汤，使我们都安心了。

慢慢地，那只松鼠长出了光亮的棕色细毛，也能一扭一扭地爬行。每天为它准备食物，成为我生活里最快乐的事。幸好我们住在乡间，家里还有果园，我时常去采摘熟透的木瓜、番石榴、香蕉，小心地捣碎，来喂我的松鼠。它的快速长大从尾巴最能看出来，原来无毛细瘦、走起路来拖在地上的尾巴，慢慢丰满起来，长满松松的毛，还高傲地翘着。

从爬行、跑路到跳跃，竟如同瞬间的事，一个学期还未过完，松鼠已经完全成长为一个"翩翩少年"了。

小松鼠仿佛记得我的救命之恩，非常乖巧听话。白天我去上学的时候，它自己跑到园里去觅食，黄昏的时候就回到家来躲在自己的窝里。夜里我做功课的时候，松鼠就在桌子旁边绕来绕去，这边跳那边跑，有时还跑来磨蹭人的脚掌。妈妈常说："这只松鼠一点都不像松鼠，真像一只猫哩！"小松鼠的乖巧赢得了全家的喜爱。

有时候我早回家，只要在园子里吹几声口哨，它就像一阵风一样从园子里不知名的角落蹿出来，蹿到我的肩膀上，转着滴溜溜的眼睛，然后我们就在园子里玩着永不厌倦的追逐游戏。松鼠跑起来的姿势真是美，高高竖起的尾巴像一面迎风招展的旗子，那面旗跑在泥地上像一阵烟，转眼飞逝。

自从家里养了松鼠，老鼠也减少了，那是我第一次知道松鼠还会打老鼠。夜里它绕着房子蹦跳，可能老鼠也分不清它是什么动物，只好到别处去觅食了。

我家原来养了许多动物，有七八条土狗，是经常跟随爸爸去打猎的，有十几只猫，每天都在庭院里玩耍。这些动物大部分来路不明，由于我家是个大家庭，日常残羹剩菜很多，除了养猪，妈妈常常用几个大盆放在院子里，喂食那些流落乡野的猫狗，日久以后，许多猫狗都留了下来。有比较好的狗，爸爸挑出来训练它们捉野兔、打山猪的本事。这些野狗都有一份情，它们往往能成为比名种狗更好的猎犬，因为它们不挑食，对生命的留恋也不如名种狗，在打猎时往往能义无反顾，一往直前。

但是这些猫狗向来是不进屋的，它们的天地就是屋外广大的原野，夜里就在屋檐下各自找安睡的地方，清晨才从各个角落冒出来。小松鼠来了以后，它成了唯一睡在屋里的动物，又懂事可爱，得到家人的特别宠爱。原先我们还担心有那么多猫狗，松鼠的安全堪虑，后来才发现这种担心是完全不必要的，小松鼠和猫狗玩得很好。我想，只要居住在一个无边的广大空间，连动物也能有无私的心。

有趣的是，小松鼠好像在冥冥中知道我是捡拾它回来的人，与我特别亲密。它虽然与哥哥、弟弟保持良好的关系，但也仅止于召唤，从来不肯跳到他们身上，却常常在我做功课的时候就蹲在我的腿上睡着了。有时候我带松鼠到学校去，把它放在书包里，头尾从两边伸出，它也一点都不惊慌。

松鼠与我的情感，使我刚上学的时候有一段有声音、有色彩、明亮跳跃的时光。同学们都以为这只松鼠受过特别的训练，其实不然，它只是从路边捡来养大而已。我成年以后回想起来才知道，如果松鼠有过训练，唯一的训练内容就是儿童般最无私、最干净的爱。

隔年冬天的一个晚上，我吃过晚饭，像往日一样回到书房做功课。为了赶写第二天大量的作业，还特别削尖了所有的铅笔。松鼠如同往日，跳到我的毛衣里取暖，然后在书桌边绕来绕去玩一只小皮球。我的作业太多，赶到深夜还没写完，就伏在桌子上睡着了。

被夜凉冻醒的时候，我被眼前发生的一幕吓呆了，放声痛哭。我心爱的松鼠不知何时已死在我削尖倒竖拿在手中的铅笔上。那支铅笔笔直刺入松鼠的肚子，鲜血流满了我的整只右手，甚至溅满了笔记簿。血迹已经干了，松鼠冰凉的身体也没有了体温。我到现在还清楚记得那一幅令人惊悸的画面，甚至连我写的作业也清楚记得。

那一天，老师规定我们每个人写自己的名字两百遍，我的笔记本上密密麻麻地写着自己的名字，而松鼠的血则滴滴溅满在我的名字上。那一刻我说不出有多么痛恨自己的作业，痛恨铅笔，痛恨自己的名字，甚至痛恨出作业的老师。我想，如果没有他们，我心爱的松鼠就不会死了。

我惊吓哀痛的哭声，吵醒了为明日农田上工而早睡的父母，妈妈看到这个场面也禁不住流下泪来，我扑在妈妈怀里时还紧紧地抱住那只松鼠。我第一次养的动物，真正属于我自己的动物，就这样一夜间死了。死得何其之速，死得何等凄惨，如今我回想起来，心里还会升起一股痛伤的抽动。如果说我懂得人间有哀伤，知道人世有死别，第一次最强烈的滋味，是松鼠用它的生命给了我的。我至今想不通松鼠为何会那样死去，一定是它怕我写不完作业来叫醒我，而一跳就跳到了铅笔上——当时我确实是这样想的。

我把死去的松鼠用溅了它的血的毛衣包裹，还把刺死它的铅笔放在一边，一起在屋后的蕉园掘了一个小小坟墓埋葬。做好新坟的时候，我站在旁边默默地流泪。那也是我第一次知道，所有的物件与躯壳都可以埋葬，唯有情感是无法埋葬的，它如同松鼠的精魂，永远活着。

后来我也养过许多松鼠，总是养大以后就了无踪影，毫不眷恋主人，偶有一两只肯回家的，也不听使唤，和人也没有什么情感。每遇这种情况，我就疑惑，在那么广大的世界里，为什么偏有一只那么不同的、充满了爱的松鼠会被我捡拾，和我共度一段美好的时光呢？莫非这个世界在冥冥中真有什么特别的安排？使我们与动物也有一种奇特的缘分？

猫狗当然不用说了，在我成长的过程中，我养过老鹰、兔子、穿山甲、野斑鸠、麻雀、白头翁，甚至也养过一头小山猪、一只野猴，但没有一只动物能像第一只松鼠那样与我亲近，也再没有一只像那只松鼠一样是被我捡拾、救活，却在我的手中死亡的。

松鼠的死给我的童年铺上一条长长的暗影，日后也常从暗影走出来使我莫名忧伤。经过二十九年了，我才确信人与动物、人与人之间有一种不能测知的命运，完全不知何解地推动我们前行，使我们一程一程地历经欢喜与哀伤，而从远景上看，欢喜与哀伤都是一种沧桑，我们是活在沧桑里的。就像如今我写松鼠的时候，心里既温暖又痛心，手里好像还染着它的血，那血甚至烙印在我写得满满的名字上，永世也不能洗清。它是我生命里唯一的动物，永远在启示我爱与忧伤。

一九八三年十一月二十三日

柔软的时光

安迪台风来访时，我正在朋友的书斋闲谈，狂乱喧嚣的风雨声不时透窗而来，一盏细小的灯花烛火在风中微明微灭。但是屋外的风雨愈大，我愈感觉到朋友书房的幽静，并且微微透出书的香气。

我常想，在茫茫的大千世界里，每一个人都应该保有一个自己的小千世界，这小千世界是可以思考、神游、欢娱、忧伤甚至忏悔的地方，应该完全不受到干扰，如此，作为独立的人，才有意义。因为有了小千世界，当大千世界风雨如晦、鸡鸣不已之际，我们可以用清明的心灵来观照；当举世狂欢、众乐成城之时，我们能够超然地自省；当在外界受到挫折时，回到这个心灵的城堡，我们可以在里面得到安慰；待心灵的伤口复原，再一次比以前更好地出发。这个"小千世界"最好的地方无疑是书房，因为大部分人的书房里都收藏了无数伟大的心灵，随时能来和我们会面。我们分享了那些光耀的创造，而我们的秘密还得以独享。我认为每个人居住过的地方都能表现他的性格，尤其是书房，因为书房是一个人最亲密的地点，也是一个人灵魂的写照。

我每天大概总有数小时的时间在书房里度过，有时读书写作，大部分的时间是什么也不做，一个人静静地让想象力飞奔，有时想想一首背诵过的诗，有时回到童年家前的小河流，有时品味着一位朋友自远地带来给我的一瓶好酒，有时透过纱窗望着遥远的点点星光想自己的前生，几乎到了无所不想的地步，那种感应仿佛在梦中一样。

有一次，我坐在书桌前，看到书房的字纸篓已经满了出来，有许多是我写坏了的稿纸，有的是我已经使用过的笔记，全被揉皱丢在字纸篓里，而我已经完全忘记了内容。我要去倒字纸篓的时候灵机一动，把那些我已经舍弃的纸一张张拿起来铺平放在桌上，然后我便看见了自己一段生活的重现，有的甚至还记载着我心里最深处的一些秘密，让自己看了都要脸红的一些想法。

后来我体会到"敬惜字纸"的好处，丢掉了字纸篓，也改正了从前乱丢字纸的习惯。书房的字纸篓都藏有这么大的玄机，缘着书架而上的世界，可见有多么海阔天空了。

安迪台风来访那一夜，我在朋友家聊天到深夜才回到家里。没想到我的书房里竟进了水，那些还夹着残破树叶的污水足足有半尺高。我书架最下层的书在一夜之间全部泡汤，一看到抢救不及，心里紧紧地冒上来一阵纠结的刺痛。马上想到一位长辈——远在加州的许芥昱教授。他的居处淹水，妻儿全跑出了屋外，他为了抢救地下室的书籍资料，迟迟不出。直到儿子在大门口一再催促，他才从屋里走出来。就在这时，他连人带房子及刚抢救的书籍资料一起被冲下山去，尸体在数十公里外的郊野才被发现。

许芥昱生前好友甚多。我在美国旅游的时候，听到郑愁予、郑清茂、白先勇、于崇信、金恒炜都谈过他死的情形，大家言下都不免有些怅然。一位名震国际的汉学家，诗书满腹，却为了抢救地下室的书籍资料而客死异域，也确要叫人长叹。但是我后来一想，假如许芥昱逃出了屋外，眼见自己的数十年心血、自己最钟爱的书房被洪水冲走，那么他的心情又是何等哀伤呢？这样想时，也就稍微能够释然了。

我看到书房遭水淹的心情是十分哀伤的，因为在书架的最底层，是我少年时期阅读的一批书。它们虽然随着岁月褪色了，大部分我也阅读得烂熟了，然而它们曾经伴随我度过年少的时光，有许多书一直到今天还深深地影响着我。不管我搬家到哪里，总是带着这批我少年时代的书，不忍丢弃，闲时翻阅也颇能使我追忆起过去那一段意气风发的日子，对现在的我仍存在着激励自省的作用。

这些被水淹的书中，最早的一本是一九五八年大众书局出版的由吕津惠翻译的《少年维特的烦恼》，是我的大姊花五元（本文币种皆为新台币。——编者注）钱买的。一个个看下来，如今传到我的手中，我是在初中一年级读这本书的。

随手拾起一些湿淋淋的书，有史怀泽的《非洲杂记》、安德烈·纪德的《刚果之行》、阿德勒的《自卑与超越》、叔本华的《爱与生的苦恼》、田纳西·威廉的《可爱的青春之鸟》、赫胥黎的《瞬息的烛火》、塞林格的《麦田里的守望者》、梅立克和普希金的小说以及艾斯本的遗稿，总共竟有五百余册的损失。

对一个爱书的人来说，书的受损就像农人的田地被水淹没一样，那种心情不仅是物质的损失，而且是岁月与心情的伤痕。我蹲在书房里看劫后的书，突然想起年少时展读这些书册的情景。书原来也是有情的，我们可以随时在书店里购回同样内容的新书，但书的心情是永远也买不回来了。

　　"小千世界"是每个人"小小的大千"，种种的记录好像在心里烙下了血的刺青，是风雨也不能磨灭的。但是在风雨里把钟爱的书籍抛弃，我竟也有了黛玉葬花的心情。一朵花和一本书一样，它们有自己的心，只是作为俗人的我们，有时候不能体会罢了。

一九八二年八月十一日

心灵的护岸

吃晚饭的时候，我对妈妈和哥哥说："明天我想带孩子去护岸走走。"他们同时抬起头来看了我一眼，点一下头，又继续吃饭了。那意思于我已经很明确，就是护岸已经不值得去了。

护岸是家乡的古迹之一，沿着旗尾溪的岸边建筑，年代并不久远。筑造的原因，是从前的旗尾溪经常泛滥成灾，高达一丈的护岸，在雨季可以把溪水堵住，不至于淹没农田。

旗山的护岸或者也不能算是古迹，因为它只是由许多巨大的石头堆叠而成，它的特点是石头与石头之间并没有黏结，只依其各自的状态相互叠扣。石头的大小与形状都各自不同，但是组成数公里的护岸，却是异常雄伟与平整。

旗山原是平凡的小镇，没有什么奇风异俗，我喜欢护岸当然是出于感情因素。

在我幼年的时候，护岸正好横在我家不远的香蕉园里，我时常跑去上上下下地游戏。印象最深的是，春天的时候，护岸上只有一种植物"落地生根"。当它们全数开花时，犹如满天的风铃，让我恍如闻到叮叮当当的响声。

在沿着护岸底部的沟边，母亲种了一排芋头。夏天的芋叶像菩萨的伞盖，高大、雄壮，有着浓重的绿色。坐在护岸上看，芋头的叶子真是美极了。如果站起来看，绵延的蕉树与防风的竹林、槟榔交织，都有着挺拔高挑的风格，个个抬头挺胸。

我时常随父母到蕉园里去，自己玩久了，往往爸妈已改变工作位置。这时我会跑到护岸上居高临下，一列列地找他们，很快就会找到。那护岸因此给我一种安全的感觉，像默默地守护着我一样。

我也喜欢看大水，每当暴雨过后，就会跑到护岸上看大水。水浪滔滔，淹到快与护岸齐顶，使我有一种奔腾的快感。平常时候，旗尾溪非常清澈，清到可见水里的游鱼，澈到溪底的石头历历。我们常在溪里戏水、摸蛤蜊、抓泥鳅，弄得满身湿，起来就躺在护岸的大石上晒太阳，有时晒着晒着睡着了，身体一半赤一半白，爸爸总会说："又去煎咸鱼了，有一边没有煎熟呢。还未翻边就回来了。"

护岸因此有点像我心灵的故乡，少年时代负笈台南，青年时代在台北读书。每次回乡，我都会在黄昏时沿护岸散步，沉思自己生命的蓝图，或者想想美的问题，例如护岸的美，是来自它的自身吗？或是来自小时候的感情？或是来自心灵的象征？后来发现美不是独立自存的，美是有受者、有对象的，真实的美来自生命多元的感应。当我们说到美时，美就不纯粹客观，它必然有着心灵与情感的因素。

我对护岸的心情，恐怕是连父母都难以理解的。但我在护岸散步时，常会想起父母作为农人的辛劳，他们正是我澎湃汹涌的河流之护岸，使我即使在都市生活，在心灵上也不至于决堤，不会被都市的繁华淹没了平实的本质。

这一次我到护岸，还征招了三位志愿军，一个是我的孩子，两个是哥哥的孩子，他们常听我提到护岸是多么美，却从未去过。他们一走上护岸，我就看见他们眼里那失望的神色了。

旗尾溪由于上游被阻绝，变成一条很小的臭水沟，废物、馊水、粪便的倾倒，使整个护岸一片恶臭。岸边的田园完全被铲除，铺了一条产业道路，路旁盖着失去美感、只有壳子的贩厝。有好几段甚至被围起来养猪，必须要掩鼻才有走过的勇气。大石上，到处都是宝特瓶、铝罐子和塑料袋。

走了几公里，孩子突然回头问我："爸爸，你说很美的护岸就是这里吗？"

"是呀，正是这里。"心里一股忧伤流过。不只护岸是这样的，在工业化以后的台湾，许多有美感的地方不都是这样吗？田园变色、山水无神，可叹的是，人都还那样安然地，继续把环境焚琴煮鹤地煮来吃了。

我本来要重复这样子说："我小时候，护岸不是这样子的。"话到嘴边又吞咽回去，只是沉默地、一步一步地走向护岸的尽头。

听说护岸没有利用价值，就要被拆了。故乡一些关心古迹文化的朋友跑来告诉我，我不置可否。"如果像现在这个样子，拆了也并不可惜呀。"我铁着心肠说。

当我们说到环境保护的时候，一般人总是会流于技术的层面，或说："为子孙留下一片乐土。"或说："我们只有一个地球。"这些只是概念性的话。其实保护环境要先保护我们的心，因为我们有什么样败坏的环境，正是来自我们有同样败坏的心。

就如同乡下一条平凡的护岸，它不只是石头堆砌而成的，它是心灵的象征，是感情的实现。它有某些不凡的价值，但是粗俗的人，怎么能知道呢？

我们满头大汗回家的时候，妈妈正在厨房里包扁食（馄饨），正像幼年时候，她体贴地笑问："从护岸回来了？"

"是呀，都变了。"我黯然地说。

妈妈做结论似的："哪有几十年不变的事呀。"

然后，她起油锅、炸扁食，这是她最拿手的菜之一，是因为我返乡，特别磨宝刀做的。

哧——油锅突然一声响，香味四散，我的心突然在紧绷中得到纾解。幸好，妈妈做的扁食经过这数十年，味道还没变。

我走到锅旁，学电视里的口吻说："嗯，有妈妈的味道。"

妈妈开心地笑了，像清晨的阳光，像清澈的河水。

只有妈妈的爱，才是我们心灵永久的护岸吧，我心里这样想着。

姑婆叶随想

在三峡的山上散步，发现满山的姑婆叶，显得非常翠绿肥满，我便离开山间小路。步入草丛间姑婆树蔓生的林里，意外看见姑婆树一串一串艳红得要滴出水的种子，我随手摘取几串成熟的姑婆子，带回家来，种在一些空花盆里。

这几年来，我把顶楼的阳台整理成一个小小的花圃，但是我很少去花市里买花。有一些是从朋友家移种而来，有一些是从乡下山里采来的种子，特别是一些我幼年时在乡间常见的花草。像我种了狗尾草、酢浆草，一些蕨类，甚至也种了几丛野芒草，都是别人欲除之而后快的野草。我有时也难以了解为什么自己当时会种这些草，有的还种在陶艺名家昂贵的花盆里。

奇怪的是，不管多么卑微的草，只要我们找一个好的花盆，用心去照料，它就会自然展现出内在深处不为人见的美质。由于我们在种植时没有得失的心，使我们与花草都得到舒展与自在，蓦然回首，常看到一些惊人的美。

我有一些花草是用种子种的，像我种了好几盆黄的、白的、红的莲蕉花，是从故乡旗山中山公园采到的莲蕉花种子，撒在花盆中，就长得异乎寻常的茂盛。夏天的时候长到有一人高，春末时节，莲蕉大量结子，我就把它送给喜欢的朋友。

我也种了几棵百香果，是在屏东时，朋友从园子里采下来送我的。我把它种在书房的窗下，两年下来，早就爬满了书房的窗户，藤蔓交缠，绵绵密密。夏夜时，感觉凉风就从里面生起，只可惜种在窗下的百香果不结果，可能是蜜蜂蝴蝶不能飞到的缘故。

还有几盆是紫丁香，说是紫丁香也不确实，因为有几株是粉红，几株是白。这丁香花夜间有一种乳香，是我最欢喜的香气。它在乡下叫作"煮饭花"，是随处可见、俗贱的花。我种的几盆，种子是在美浓一个朋友家鸡棚边采来的。他送我种子时还说："这从鸡屎里长出的紫丁香种子特别肥大，一定能开出很美丽的花。"

　　另外有两盆特别有纪念价值的野花。一盆是含羞草，那是前年清明返乡扫墓，在父亲坟上发现的。我们动手清除坟上的蔓草时，发现长了几株含羞草。正在拔除时，看到含羞草的荚果里有许多种子。我采了几个放在口袋，回来后就种了它。事隔一年，那含羞草开出许多粉红色的球状花朵，真是美极了。我每次浇水，看见含羞草敏感地合起掌心，就默默地思念着我的父亲，希望来世还能与他相会。

　　一盆是落地生根，那是去年有一次在阳明山的永明寺独坐到黄昏下山，路边有人在盖屋子，铲了一堆草在道旁。我眼尖看到一串铃铛般美丽的花也被铲倒，捡起来，发现它的茎叶零落，根茎断成三节，叶子五片。我全捡起来，埋种在花盆里。落地生根那强烈而奋进的生命真是难以思议，根茎与叶子全部存活，没有一块例外。有的叶子，一片就长成五六株，而且在今年，株株都开花了。黄昏时分，好风一吹，仿佛许多串无声的风铃。

　　落地生根闽南语叫"钟仔花"，普通话叫"铃铛花"，都是很美的名字。我每次看到那一字排开的落地生根，就觉得人的生命力与创造力应该像它一样，即使在恶劣的环境中被铲成八节，也节节都是完整的，里面都有一个优美的、风格宛然的自我。

　　我最得意的是在三峡山上采的姑婆树了。它的生命力与落地生根不相上下，而它成长的速度也极惊人。我总觉得自己对姑婆树有一种特别的感情。记得很小很小的时候，第一次听到大人说

"姑婆叶"，就有一种永远不忘的惊奇。曾经问过许多大人，那长得像野芋头叶子的树为何叫"姑婆树"，没有一个人知道。

我有一位三姑妈，她家里的后园就长了难以计算的姑婆树。她极擅长做馃食甜点，年节时做了很多，会叫表哥送一蒸笼来。笼盖掀起时的景象如今还深印在我的脑海：各种馃食整齐地放在或圆或方的姑婆叶上，虽被猛火蒸过，姑婆叶仍翠绿如在树上一般。三姑妈养了许多猪，每次杀猪都会央人来带猪肉。猪肉在姑婆叶里扎得密实，外面用一条干草束成十字，真是好看极了。

有时我会这样想：那姑婆树会不会是特别为三姑妈而活在世上并命名的呢？

从前乡下的姑婆叶用途很多，市场里的小贩都用它包东西，又卫生又美观，也不至于破坏环境，比起现在用塑胶袋要卫生科学得多。

乡下的孩子上厕所用不着纸，在通往茅坑的路上随手撕下一片姑婆叶，就是最便利的纸了。一直到我离开乡下的前几年，我们都是这样解决的。下雨天时也用不到伞，连茎折下的姑婆叶是天然好用的伞。夏天时的扇子，折半片姑婆叶也就是了。野外烤鸡、烤番薯，用姑婆叶包好埋在热土块里，有特别的清香……

早年的乡下市场，每天清晨都有住在山上的人割两担姑婆叶挑来卖，往往不到一盏茶的工夫，就全卖完了。

有一次看五十年代的乡土电影，一位主妇去市场买猪肉，竟用红白塑胶袋提回家，就觉得导演未免太粗心了。当时台湾根本没有红白塑胶袋，如果用姑婆叶包着，稻草束好，气氛就好得多了。

不只是气氛，台湾人倘使还使用姑婆叶，环境也不会败坏到如今这个样子。

姑婆叶在时代里逐渐被遗忘了，正如许多土生在台湾乡间的花草，并不能留下什么，只留下一些温情的回忆。

我看着花盆里那日渐壮大的姑婆树，想到每个时代的一些特质，一些因缘与偶然。植物事实上是表达了一个人的某种心情，不管是姑婆叶、莲蕉花、煮饭花、钟仔花、含羞草，我都觉察到自己是一个平凡而念旧的人。我喜欢这些闲杂花草远胜过我对什么郁金香、姬百合、牡丹花的向往。它们让我感觉到，自己一直走在乡间的小路，许多充满草香的景象犹未远去。

在姑婆树高大的身影下，我种了一种在松山路天桥上捡到的植物，名叫"婴儿的眼泪"。想到许多宗教都说唯有心肠如赤子，才可以进天堂。小孩子纯真，没有偏见，没有知识，也不判断，他只有本然的样子。或者在小孩子清晰的眼中，我们会感觉那就像宇宙的某一株花、某一片叶子，他们的眼泪就是清晨叶片上的一滴露珠。

柔软的时光

路上捡到一粒贝壳

午后，在仁爱路上散步。

突然看见一户人家院子种了一棵高大的面包树，那巨大的叶子有如扇子，一扇扇地垂着，迎着冷风依然翠绿，一如在它热带祖先的雨林中。

我站在围墙外面，对这棵面包树十分感兴趣，那家人的宅院已然老旧，不过在这一带有着一个平房，必然是亿万富豪了。令我好奇的是这家人似乎非常热爱园艺，院子里有着许多高大的树木，园子门则是两株九重葛往两旁生长，而后在门顶握手，使那扇厚重的绿门仿佛戴着红与紫两色的帽子。

绿色的门在这一带是十分醒目的。我顾不了礼貌的问题，往门隙中望去，发现除了树木，主人还经营了花圃，各色的花正在盛开，带着颜色在里面吵闹。等我回过神来，退了几步，发现寒风还鼓吹着双颊，才想起，刚刚往门内那一探，误以为真是春天了。

脚下有一些裂帛声，原来是踩在一张面包树的扇面了。叶子大如脸盆，却已裂成四片，我遂兴起了收藏一张面包树叶的想法。找到比较完整的一片拾起，意外，可以说非常意外地发现，树叶下面有一粒粉红色的贝壳。把树叶与贝壳拾起，就离开了那个家门口。

但是，我已经不能专心地散步了。

在冬天散步，于我原有运动身心的功能，本来在身心上都应该做到无念和无求才好，可惜往往不能如愿。选择固定的路线散步，当然比较易于无念，只是每天遇到的行人不同，不免使我常思索起他们的职业或背景来。幸而城市中都是擦身而过的人，念起念息有如缘起缘灭，走过也就不会挂心了。一旦改变了散步的路线，初开始就会忙碌得不得了，因为新鲜的景物很多，念头也蓬勃，仿佛开汽水瓶一样，气泡兴兴灭灭地冒出来，念头太忙，回家来会使我头痛，好像有某种负担。还有一种情况，是很久没有走的路，又去走一次，发现完全不同了。这不同有几个原因，

·四四·

一个是自己的心境改变了。一个是景观改变了，还有一个重要原因，是季节更迭了。我知道，这个世界是无常的因缘所集合而成，一切可见、可闻、可触、可尝的事物竟没有永久（或只是较长时间）的实体，一座楼房的拆除与重建只是比浮云飘过的时间长一点，终究也是幻化。

我今天的散步，就是第二种，是旧路新走。

这使我在尚未捡面包树叶与贝壳之前，就发现了不少异状。例如我记得去年的这个时间，安全岛的菩提树叶已经开始换装，嫩红色的小叶芽正在抽长，新鲜清明，美而动人。今年的春天来得似乎迟了一些，菩提树的叶子，感觉竟是一叶未落，老得有一点乌黑，使菩提树看起来承受了许多岁月的压力。发现菩提树一直等待春天，使我也有些着急起来。

木棉花也是一样，应该开始落叶了，却尚未落。我知道，像雨降、风吹、叶落、花开、雷鸣都是依时序的缘升起，而今年的春天之缘，为什么比往年来得晚呢？

还看到几处正在赶工的大楼，长得比树快多了，不久前开挖的地基，已经盖到十楼了。从前我们形容春雨来时农田的笋子是"雨后春笋"，都市的楼房生长也如雨后春笋一般。这些大楼的兴建，使这一带的面目完全改观，新开在附近的商店和一家超级啤酒屋，使宁静与绿意备受压力。

记忆最深刻的是路过一家新开幕的古董店，明亮橱窗里最醒目的地方摆了一个巨大的白水晶原矿石，店家把水晶雕成一只台湾山猪正被七只狼（或者狗）攻击的样子。为了突出山猪的痛苦，山猪的蹄子与头部是镶了白银的，咧嘴哀号，状极惊慌。标价自然十分昂贵，我一辈子一定不能储蓄到与那标价相等的金钱。对于把这么美丽而昂贵的巨大水晶（约有桌面那么大），却做了如此血腥而鄙俗的处理，竟使我生出了一丝丝恨意和巨大怜悯，恨意是由雕刻中的残忍意识而生，怜悯是对于可能把这座水晶买回去的富有的人。其实，我们所拥有和喜爱的事物无不是我们心的呈现。

　　如果我有一块如此巨大的水晶，我愿把它雕成一座春天的花园，让它有透明的香气；或者雕成一尊最美丽的观世音菩萨，带着慈悲的微笑，散放清明的光芒；或者雕几个水晶球，让人观想自性的光明；或者什么都不雕，只维持矿石的本来面目。

　　想了半天才惊觉起来，忘记自己一辈子都不可能拥有这样的水晶，但这时我知道，不能拥有比可以拥有或已经拥有使我更快乐。有许多事物，"没有"其实比"持有"更令人快乐，因为许多的有，是烦恼的根本，而且不断地追求有，会使我们永远徘徊在迷惑与堕落的道路。幸而我不是太富有，还能知道在人世中觉悟，不致被福报与放纵所蒙蔽；幸而我也不是太忙碌或太贫苦，还能在午后散步，兴趣盎然地看着世界。污秽的心呈现出污秽的世界，清净的心呈现出清净的世界。人的境况或有不同，若能保有清净的观照，事实上，不论贫富都不能转动他。

看看一个人的念头多么可怕，简直争执得要命，光是看到一块水晶雕刻，就使我跳跃一大堆念头，甚至走了数百米却完全忽视了眼前的一切。直到心里一个声音对我说了一句话，才使我从一大堆纷扰的念头中醒来："那只是一块水晶，山猪或狼只是心的觉受，就好像情人眼中的兰花是高洁的爱情，养兰花者眼中的兰花总有个价钱，而武侠小说里，兰花常常成为杀手冷酷的标志。其实，兰花，只是兰花。"

念头惊醒，第一眼就看到了面包树，接下来的情景如上所述。拿着树叶与贝壳的我也茫然了。

尤其是那一粒贝壳。

这粒粉红色的贝壳虽然新而完好，但不是百货公司出售的那种经过清洗磨光的贝壳。由于我曾在海边住过，可以肯定贝壳是从海岸上捡来不久，还带着海水的气息。奇特的是，海边来的贝壳是如何掉落到仁爱路的红砖道上呢？或者是无心的遗落，例如跑步时从口袋掉出来？或者是有心的遗落，例如是情人馈赠而爱情已散？或者是……有太多的或者是，没有一个是肯定的答案。唯一肯定的是，贝壳，终究已离开了它的海边。

人生活在某时某地，正如贝壳偶然落在红砖道上。我们不知道从哪里、为何、干什么来到这个世界，不能明确说出原因就迁徙到这个城市，或者说是飘零到这陌生之都。

"我为什么来到这世界？"这句话使我在无数春天中辗转难眠。答案是渺不可知的，只能说是因缘的和合，而因缘深不可测。

贝壳自海岸来，也是如此。

一粒贝壳，也使我想起在海岸居住的一整个春天。那时我还多么少年，有浓密的黑发，怀抱着爱情的秘密，天天坐在海边沉思。到现在，我的头发和爱情都有如退潮的海岸，露出它平滑而不会波动的面目。少年的我在哪里呢？那个春天我没有拾回一粒贝壳，没有拍过一张照片，如今竟已完全遗失了一样。偶尔再去那个海岸，一样是春天，却感觉自己只是海面上的一个浮沤，一破，就散失了。

世间的变迁与无常是不变的真理，随着因缘的改变而变迁，不会单独存在、不会永远存在，我们的生活有很多时候只是无明的心所映现的影子。因此，我们可以这样说，少年的我是我，因为我是从那里孕育，而少年的我也不是我，因为他已在时空中消失。正如贝壳与海的关系，我们从一粒贝壳可以想到一片海，甚至与海有关的记忆，这粒贝壳竟然是在红砖道上拾到，与海相隔那么遥远！

想到这些，差不多已走到仁爱路的尽头了。我感觉到自己有时像个狂人，时常和自己对话不停，分不清是在说些什么。我忆起父亲生前有一次和我走在台北街头突然说："台北人好像仔，一天到暗在街仔赖赖趑。"翻成普通话是："台北人好像神经病，一天到晚在街头乱走。"我有时觉得自己是仔之一，幸而我只是念头忙碌，并没有像逛街者听见换季打折一般，因欲望而狂乱奔走，而且我走路也维持了乡下人稳重谦卑的姿势，不像台北那些冲锋陷阵或龙行虎步的人，显得轻躁带着狂性。

尤其我不喜欢台北的冬天，不断的阴雨，包裹着厚衣的人在拥挤的街道，有如台球的圆球撞来撞去。春天来就会好些，会多一些颜色、多一点生机，还有一些悠闲的暖气。

回到家把树叶插在花瓶，贝壳放在案前，突然看到桌上的皇历，今天竟是立春了。

"立春：斗指东北为立春，时春气始至，四时之卒始，故名立春也。"我知道，接下来会有雨水、惊蛰、春分、清明、谷雨，台北的菩提树叶会换新，而木棉与杜鹃会如去年盛开。

鸳鸯香炉

一对瓷器做成的鸳鸯，一只朝东，一只向西，小巧灵动，仿佛刚刚在天涯的一角交会，各自轻轻拍着羽翼，错着身，从水面无声划过。

这一对鸳鸯关在南京东路一家宝石店金光闪烁的橱窗一角，它鲜艳的色彩比珊瑚、宝石、翡翠还要灿亮。但是由于它的游姿那样平和安静，竟仿若它和人间全然无涉，一直要往远方无止境地游去。

再往内望去，宝石店里供着一个小小的神案，上书"天地君亲师"五个大字。晨香还未烧尽，烟香缭绕，我站在橱窗前不禁痴了，好像鸳鸯带领我，顺着烟香的纹路，游到我童年的梦境里去。

记得我还未识字以前，祖厅神案上就摆了一对鸳鸯，是瓷器做成的檀香炉，终年氤氲着一缕香烟，在厅堂里绕来绕去。檀香的气味仿佛可以勾起人心胸世界的沉深平和，即使是一个小小孩儿也被吸引得意兴飘飞。我常和兄弟们在厅堂中嬉戏，每当我跑过香炉前，闻到檀香之气，总会不自觉地出了神，呆呆看那一缕轻淡但不绝的香烟。

尤其是冬天，一缕直直飘上的烟，不仅是香，甚至也是温暖的象征。有时候一家人不说什么，夜里围坐在香炉前面，情感好像交融在炉中，并且烧出一股淡淡的香气了。它比神案上插香的炉子，更让我深切地感受到一种无名的温暖。

最喜欢夏日夜晚，我们围坐听老祖父说故事。祖父总是先慢条斯理地燃了那个鸳鸯香炉，然后坐在他的藤摇椅中，说起那些还流动着血泪，馨香的感人故事。我们依在祖父膝前，张开好奇的眼眸，倾听祖先依旧动人的足音响动。愈到星空夜静，香炉的烟就愈直直升到屋梁，绕着屋梁飘到庭前来，一丝一丝，萤火虫都被吸引来。香烟就像萤火虫尾部点着的光亮，一盏盏微弱的灯火四散飞升，点亮了满天的向往。

有时候是秋色萧瑟，空气中有一种透明的凉。秋叶正红，鸳鸯香炉的烟柔软得似蛇一样升起，烟用小小的手推开寒凉的秋夜，推出一扇温暖的天空。从潇湘的后院看去，几乎能看见那一对鸳鸯依偎着的身影。

那一对鸳鸯香炉的造型十分奇妙，雌雄的腹部连在一起，雄的稍前，雌的在后。雌鸳鸯是铁灰一样的褐色，翅膀是绀青色，腹部是白底，有褐色的浓斑，像褐色的碎花开在严冬的冰雪之上。它圆形的小头颅微缩着，斜依在雄鸳鸯的翅膀上。

雄鸳鸯和雌鸳鸯完全不同，它的头高高仰起，头上有冠，冠上是赤铜色的长毛，两边彩色斑斓的翅翼高高翘起，像一个两面夹着盾牌的武士。它的背部更是美丽，红的、绿的、黄的、白的、紫的全开在一处，仿佛春天里怒放的花园。它的红嘴是龙吐珠，眼是一朵黑色的玫瑰，腹部微芒的白点是满天星。

那一对相偎相依的鸳鸯，一起栖息在一片晶莹翠绿的大荷叶上。

鸳鸯香炉的腹部相通，背部各有一个小小的圆洞，当檀香的烟从它们背部冒出的时候，外表上看像是各自焚烧，事实上腹与腹间互相感应。我最常玩的一种游戏就是在雄鸳鸯身上烧了檀香，然后把雄鸳鸯的背部盖起来，烟与香气就会从雌鸳鸯的背部升起；如果在雌鸳鸯的身上烧檀香，盖住背部，香烟则从雄鸳鸯的背上升起来；如果把两边都盖住，它们就像约好的一样，一瞬间，檀香就在腹中灭熄了。

倘若两边都不盖，只要点着一只，烟就会均匀地冒出。它们各生一缕烟，升到中途慢慢氤氲在一起，到屋顶时已经分不开了，交缠的烟在风中弯弯曲曲，如同合唱着一首有节奏的歌。

鸳鸯香炉是我童年最初的记忆，时间洗涤得愈久，形象愈是晶明，它几乎可以说是我对情感和艺术向往的最初来源。鸳鸯香炉不知道出自哪一位匠人之手，后来被祖父购得，它的颜色造型之美让我体会到中国民间艺术之美。它虽是一个平凡的物件，却有一颗生动灵巧的匠人心灵在其中游动，使香炉经过百年都还是活的一般。民间艺术之美总是在平凡中见真性，在平和的贞静里，历百年仍能给我们新的启示。

关于情感的向往，我曾问过祖父，为什么鸳鸯香炉要腹部相连？祖父说："鸳鸯没有单只的，鸳鸯是中国人对夫妻的形容。夫妻就像这对香炉，表面各自独立，腹中却有一点心意相通。这种相通，在点了火的时候最容易看出来。"

我家的鸳鸯香炉每日都有几次火焚的经验，每经一次燃烧，那一对鸳鸯就好像靠得更紧。我想，如果香炉在天际如烽火，火的悲壮也不足以使它们殉情，因为它们的精神和象征立于无限的视野，永远不会畏怯，在火炼中，也永不消逝。比翼鸟飞久了，总会往不同的方向飞，连理枝老了，也只好在枝丫上无聊地对答。

鸳鸯香炉不同，因为有火，它们不老。

　　稍稍长大后，我识字了，识字以后就无法抑制自己想象力的飞奔，常常从一个字一个词句中飞腾出来，去找新的意义。"鸳鸯香炉"四字就使我想象力飞奔，觉得用"鸳鸯"比喻夫妻真是再恰当不过，"鸳"的上面是"怨"，"鸯"的上面是"央"。

　　"怨"是又恨又叹的意思，有许多抱怨的时刻，有很多无可奈何的时刻，甚至也有很多苦痛无处诉的时刻。"央"是求的意思，是《诗经》中说的"和铃央央"的和声，是有求有报的意思，有许多互相需要的时刻，有许多互相依赖的时刻，甚至也有很多互相怜惜求爱的时刻。

　　夫妻生活是一个有颜色、有生息、有动静的世界，在我的认知里，夫妻的世界几乎没有无怨无尤幸福无边的例子，因此，要在"怨"与"央"之间找到平衡，才能是永世不移的鸳鸯。鸳鸯香炉的腹部相通是一道伤口，夫妻的伤口几乎只有一种药，这药就是温柔，"怨"也温柔，"央"也温柔。

　　所有的夫妻都曾经拥抱过、热爱过、深情过，为什么有许多到最后分飞东西或者郁郁以终呢？爱的诺言开花了，虽然不一定结果，但是每年都开了更多的花，用来唤醒刚坠入爱河的新芽。鸳鸯香炉是一种未名的爱，不用声名，千万种爱都升自胸腹中柔柔的一缕烟。把鸳鸯从物质上提升到情感的诠释，就像鸳鸯香炉虽然沉重，它的烟却总是往上飞升的，这或许能给我们一些新的启示吧！

　　至于"香炉"，我感觉所有的夫妻最后都要迈入"共守一炉香"的境界，久了就不只是爱，而是亲情。任何婚姻到最后，热情总会消退，就像宗教的热诚最后会平淡到只剩下虔敬。最后的象征是"一炉香"，在空阔平朗的生活中缓缓燃烧，那升起的烟，我们逼近时可以体贴地感觉，站远了，还有温暖。

　　我曾在万华的小巷中看过一对看守寺庙的老夫妇，他们的工作很简单，就是在晨昏时上一炷香，以及打扫那一间被岁月剥蚀的小庙。我去的时候，他们总是无言，轻轻地动作，任阳光一寸一寸移到神案之前。等到他们工作完后，总是相携着手，慢慢左拐右弯地消失在小巷的尽头。

　　我曾在信义路附近的巷子口，看过一对捡拾破烂的中年夫妻。丈夫吃力地踩着一辆三轮板车，口中还叫着收破烂特有的语言。妻子经过每家门口，把人们弃置的空罐酒瓶、残旧书报一一丢到板车上。到巷口时，妻子跳到板车后座，熟练安稳地坐着，露出做完工作欣慰的微笑，丈夫也突然吹起口哨来了。

　　我曾在通化街的小面摊上，仔细地观察一对卖牛肉面的少年夫妻，丈夫总是自信地在热气腾腾的锅边下面条，妻子则一边招呼客人，一边清洁桌椅，一边还要蹲下腰来洗涤油污的碗碟。在卖面的空当，他们急急地共吃一碗面。妻子一径地把肉夹给丈夫，他们那样自若，那样无畏地生活着。

我也曾在南澳乡的山中，看到一对刚做完香菇烘焙工作的山地夫妻，依偎地共坐在一块大石上，谈着今年的耕耘与收成，谈着生活里最细微的事，一任顽皮的孩童丢石头把他们身后的鸟雀惊飞而浑然不觉。

我更曾在嘉义县内一个大户人家的后院里，看到一位须发俱白的老先生，爬到一棵莲雾树上摘莲雾，他年迈的妻子围着布兜站在莲雾树下接莲雾。他们的笑声那样年少，在围墙外都听得清明。他们不能说明别的什么，他们说明的是，一炉燃烧了很久的香还会有它的温暖。那香炉的烟虽弱，却有力量，它顺着岁月之流可以飘进任何一扇敞开的门窗。每当我看到这样的景象，总是站得远远的，仔细听，香炉的烟声传来，其中好像有瀑布奔流的响声，越过高山，流过大河，在我的胸腹间奔湍。如果没有这些生活中平凡的动作，情爱可以长久恐怕也难以得到印证！

童年的鸳鸯香炉，经过几次家族的搬迁，已经不知流落到什么地方，或者在另一个少年家里的神案上，再要找到一个同样的香炉恐怕永不可得，但是它的造型、色泽以及在荷叶上栖息的姿势，为时日久却仍鲜锐无比。每当在情感挫折、生活困顿之际，我总是循着时间的河流，回到岁月深处去找那一盏鸳鸯香炉。它是情爱最美丽的一个鲜红落款。情爱画成一张重重叠叠交缠不清的水墨画，水墨最深的山中洒下一条清明的瀑布，瀑布流到无止境之处，香炉是美丽明晰的印章。

鸳鸯香炉好像暗夜中的一盏灯，使我童年对情感的认知乍见光明，在人世的幽晦中带来前进的力量，使我即使只在南京东路宝石店橱窗中看到一对普通的鸳鸯瓷器，都要怅然良久。就像坐在一个黑乎乎的房子里，第一盏点着的灯最明亮，最能感受明与暗的分野，后来即使有再多的灯，总不如第一盏那样让我们长记不忘。坐在长廊尽处，纵使太阳和星月都冷了，群山草木都衰尽了，香炉的微光还在记忆的最初，在任何可见和不可知的角落，温暖地燃烧着。

一九八一年十一月十八日

柔软的时光

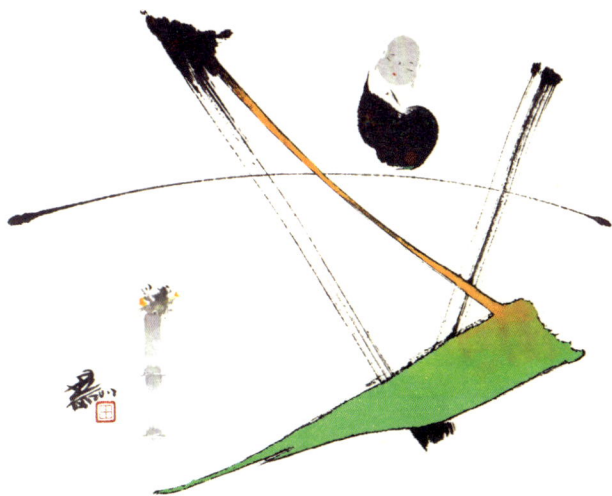

家家有明月清风

人的贫穷不是生活的困顿，而是在贫穷生活中失去人的尊严；人的富有也不是财富的累积，而是在富裕生活里不失去人的有情。人的富有实则是人心灵中某些高贵特质的展现。

家家都有明月清风，失去了明月清风才是最可悲的！

茶香一叶

在坪林乡，春茶刚刚收成结束，茶农忙碌的脸上才展开了笑容。陪我们坐在庭前喝茶，他把那还带着新焙炉火气味的茶叶放到壶里，冲出来一股新鲜的春气，溢满了一整座才刷新不久的客厅。

茶农说："你早一个月来的话，整个坪林乡人谈的都是茶，想的也都是茶，到一个人家里总会问，采收得怎样？今年烘焙得如何？茶炒出来的颜色好不好？茶价好还是坏？甚至谈天气也是因为与采茶有关才谈它，直到春茶全采完了，才能谈一点茶以外的事。"听他这样说，我们都忍不住笑了，好像他好不容易从茶的影子走了出来，终于能做一些与茶无关的事情，好险！

慢慢地，他谈得兴起，把一斤三千元的茶也拿出来泡了，边倒茶边说："你别小看这一斤三千元的茶，是比赛得奖的，同样的品质，在台北的茶店可能就是八千元的价格。在我们坪林，一两五十元的茶算是好茶了，可是在台北，一两五十元的茶里还掺有许多茶梗子。

"一般农民看我们种茶的茶价那么高，喝起茶来又是慢条斯理，觉得茶农的生活蛮悠闲的，其实不然，我们忙起来的时候比任何农民都要忙。"

"忙到什么情况呢？"我问他。

他说，茶叶在春天的生长是很快的，今天要采的茶叶不能留到明天，因为今天还是嫩叶，明天就是粗叶子，价钱相差几十倍，所以赶清晨出去一定得采到黄昏才回家。回到家以后，茶叶又不能放，一放那新鲜的气息就没有了，因而必须连夜烘焙，往往工作到天亮，天亮的时候又赶着去采昨夜萌发出来的新芽。

而且这种忙碌的工作是全家总动员，不分男女老少。在茶乡时，往往一个孩子七八岁时就懂得采茶和炒茶了。一到春茶盛产的时节，茶乡里所有孩子全在家帮忙采茶炒茶，学校几乎停顿，他们把这一连串为茶忙碌的日子叫"茶假"——但孩子放茶假的时候，比起日常在学校还要忙碌得多。

　　主人为我们倒了他亲手种植和烘焙的茶，一时之间，茶香四溢。文山包种茶比起乌龙还带着一点溪水清澈的气息，乌龙这些年被宠得有点像贵族了，文山包种则还带着乡下平民那种天真纯朴的亲切与风味。

　　主人为我们说了一则今年采茶时发生的故事。他由于白天忙着采茶、分茶，夜里还要炒茶，忙到几天几夜都不睡觉，连吃饭都没有时间，添一碗饭在炒茶的炉子前随便扒扒就解决了一餐，不眠不休的工作只希望今年能采个好价钱。

　　"有一天采茶回来，马上炒茶，晚餐的时候自己添碗饭吃着，扒了一口，就睡着了。饭碗落在地上打破都不知道，人就躺在饭粒上面，隔一段时间梦见茶炒焦了。惊醒过来，才发现嘴里还含着一口饭，一嚼发现味道不对，原来饭在嘴里发酵了，带着米酒的香气。"主人说着说着就笑起来了，我却听到了笑声背后的一些辛酸。人忙碌到这种情况，真是难以想象。抬头看窗外那一畦畦夹在树林山坡间的茶园，即使现在茶采完了，还时而看见茶农在园中工作的身影，在我们面前摆在壶中的茶叶原来不是轻易得来。

　　主人又换了一泡新茶，他说："刚喝的是生茶，现在我泡的是三分仔（炒到三分的熟茶），你试试看。"然后他从壶中倒出了黄金一样色泽的茶汁来，比生茶更有一种古朴的气息。他说：

"做茶的有一句话，说是'南有冻顶乌龙，北有文山包种'，其实，冻顶乌龙和文山包种各有各的胜场，乌龙较浓，包种较清，乌龙较香，包种较甜，都是台湾之宝。可惜大家只熟悉冻顶乌龙，对文山包种茶反而陌生，这是很不公平的事。"

对于不公平的事，主人似有许多感慨。他的家在坪林乡山上的渔光村，从坪林要步行两个小时才到，遗世而独立地生活着。除了种茶，闲来也种一些香菇。他住的地方在海拔八百米高的位置，为什么选择住这样高的山上？"那是因为茶和香菇在越高的地方，长得越好。"

即使在这么高的地方，近年来也常有人造访。主人带着乡下传统的习惯，凡是有客人来总是亲切招待，请喝茶请吃饭，临走还送一点自种的茶叶。他说："可是有一次来了两个人，我们想招待吃饭，忙着到厨房做菜，过一下子出来，发现客厅的东西被偷走了一大堆，真是令人伤心哪！人在这时比狗还不如，你喂狗吃饭，它至少不会咬你。"

离主人家不远的地方，有北势溪环绕，山下有一个秀丽的大舌湖，假日时候常有青年到这里露营。青年人所到之处，总是垃圾满地，鱼虾死灭，草树被践踏，然后他们拍拍屁股走了，把苦果留给当地居民去尝。他说："二十年前，我也做过青年，可是我们那时的青年好像不是这样的。现在的青年几乎都是不知爱惜大地的，看他们毒鱼的那种手段，真是令人毛骨悚然，这里面有许多还是大学生。只要有青年来露营，山上人家养的鸡就常常失踪。有一次，全村的人生气了，茶也不采了，活也不做了，等着抓偷鸡的人，最后抓到了，是一个大学生。村人叫他赔一只鸡一万块，他还理直气壮地问：'天下哪有这么贵的鸡？'我告诉他说：'一只鸡是不贵，可是为了抓你，每个人本来可以采一千五百元茶叶的，都放弃了，为了抓你，我们已经损失好几万了。'"

这一段话，说得在座的几个茶农都大笑起来。另一个老茶农接着说："像文山区是台北市的水源地，有许多台北人就怪我们把水源弄脏了。其实不是，我们更需要干净的水源，保护都来不及，怎么舍得弄脏？把水源弄脏的是台北人自己，每星期有五十万台北人到坪林来，人回去了，却把五十万人份的垃圾留在坪林。"

在山上茶农的眼中，台北人是骄横的、自私的、不友善的、任意破坏山林与溪河的一种动物。有一位茶农说得最幽默："你看台北人自己把台北搞成什么样子，我每次去，差一点窒息回来！一想到我们辛辛苦苦种出来的最好的茶要给这样的人喝，心里就不舒服。"

谈话的时候，他们几乎忘记了我是台北来客，纷纷对这个城市抱怨起来。在我们自己看来，台北的道德、伦理、精神只是出了问题，但在乡人的眼中，这个城市的道德、伦理、精神在几年前早就崩溃了。

主人看看天色，估计我们下山的时间，泡了今春他自己烘焙出来最满意的茶。那茶还有今年春天清凉的山上气息，掀开壶盖，看到原来卷缩的茶叶都伸展开来，令我感到一种莫名的欢喜，心里想着，这是一座茶乡里一个平凡茶农的家，我们为了品早春的新茶，老远跑来，却得到了许多新的教育。原来就是一片茶叶，它的来历也是不凡的，就如同它的香气一样，是不可估量的。

从山上回来，我每次冲泡带回来的茶叶，眼前仿佛浮起茶农扒一口饭睡着的样子。想着他口中发酵的一口饭，说给朋友听，他们一口咬定："吹牛的，不相信他们可能忙到那样，饭含在口里怎么可能发酵呢？"我说："如果饭没有在口里发酵，哪里编得出来这样的故事呢？"朋友哑口无言。

然后我就在喝茶时反省地自问：为什么我信任只见过一面的茶农，反而超过我相交多年的朋友呢？

疑问就在鼻息里化成一股清气，在身边围绕着。

一九八五年七月二十三日

海岸破晓

走路到海边去看太阳升起的那一刻。

这时是秋天，夜的寒气竟能穿过衣裳，满林子的雾流来流去，地上草尖的露水，当我踩过，仿佛都飞溅起来，湿了裤管。

鸟还没有开始醒来，所以南台湾最哗闹的热带林子此时异常沉静。林间的黑幕与沉静相映，我小心拿着电筒，探寻到海边的出路。

终于到海边了，但海的景象令我吃惊。从天空到海面，一片墨黑，像是墨汁喷洒在整个海边。我从前没看过这么黑的云，尤其是靠海岸的云，墨块一样，紧紧地凝结。

黎明似乎是从遥远的地方走来，黑云开始飞跑，天边的明亮从层层的黑色中穿透，这是海岸的第一丝光明，撕破了整个天幕。我才知道，为什么清晨被称为是"破晓"。

不只天破了，雾散了，鸟也都醒了，蝴蝶、蜻蜓、不知名的虫子都从林间飞起。

人何尝不是如此，被无名的黑云所笼罩的时候，会以为光明已在人间失落，但如果能撕开那层黑幕，就会知道，阳光从未离开。

猫空半日

　　坐在茶农张铭财家的祖厅兼客厅兼烘茶叶的茶坊里，我们喝着上好的铁观音，听着外面狂乱的风雨，黄昏蒙蒙，真让人感觉这一天像梦一样。我们坐在这个临着悬崖的地方，有一个非常奇特的名字"猫空"。从门口望出去，站在家屋前那棵巨大的樟树，据说已有一百多年的历史了。

　　左边有两株长得极像莲雾的树，名字叫"香果"，在风雨中落了一地。风雨虽大，并且阵阵扑向窗隙，但房中的茶香比风雨更盛，那是昨夜烘焙好还在炉子上的一壶铁观音，冒着热气。铁观音特殊的沉厚之香，缓缓地从炉子上流出来。

"猫空，真是奇怪的名字！"我说。张铭财听了笑着说："我也觉得奇怪，但如果你用闽南语发音就不怪了，空就是洞，这是猫洞。为什么叫猫洞呢？因为三面屏障，只留下一个小通口，让猫进出，所以叫猫洞。你看外面风雨这样大，其实不用担心，吹不进猫洞的。"

"怎么确定吹不进来呢？"

"因为，我们家在这里，从我祖父开始，已经住了快一百年了。"张铭财得意地说，"我家的地理是很棒的，从风水上说，我家的地方是美人座，对面的指南山背是铜镜台，这在风水上叫'美人对镜'。"

我们顺着他的眼光望去，看到指南山的翠绿正向两边开展出去，中间隔着一条幽深的谷口。

张铭财是在猫空这间老厝出生的，他说他从四岁就开始到茶园去采茶了，和茶结下了不解之缘。如今他家墙上挂着的满满的茶赛得来的奖状，是他三十多年努力的成绩。

我们翻开台湾茶叶的历史，找到"铁观音"的条目，上面这样写着：相传"铁观音茶"名称之由来，系清乾隆年间，福建安溪魏氏在一观音寺的山岩发现一棵茶树，认为是观音菩萨所赐。几经移植繁殖，由于叶片厚重，制成的茶叶色泽如铁，而称之为"铁观音"。清光绪二十二年（一八九六年）张乃妙、张乃乾兄弟由安溪携铁观音茶苗十二株在木栅樟湖（今指南里一带）种植，逐渐繁殖迄今。当地茶园面积达七十公顷，是全台正宗的铁观音茶产地。

张铭财正是张乃妙、张乃乾兄弟的后人，而在这一个山谷里，种铁观音维生的也都是姓张的，屈指一算，有近百年的历史。张铭财家最早的祖厅现在还屹立着，红瓦砖墙，十分优美，他说那是福建安溪先人亲手盖成的。

言谈间，我们看外面的风势渐渐大起来，黄昏渐渐深了，想起立告辞，张铭财却说："再坐一下嘛，山里没什么好东西招待你们，只有茶。这茶是我妈妈一叶一叶摘的，是我炒的，我太太泡的，你们不喝光就走，真是太可惜了。"

我们只好把风雨暂时在心底封藏，真正用心地品起铁观音的滋味，这铁观音真是与我平常所喝的茶大有不同，可能是刚烘焙出来，也可能是主人的热情，使我们不仅喝出了那深厚的香醇，也品到了山香云气。再加上张太太冲茶的方法独特，这铁观音的香气直冲云霄，把我日常喜爱的冻顶与武夷远远抛在后面了。

在厚实的饭桌上喝茶，使我思及今天奇特的缘分。昨夜新闻刚发布了"佩姬"台风将在今天登陆的警报。清晨，一位疯狂的朋友打电话来说："到山上去喝茶，看风雨吧？"

"下午有台风呀！"

"台风晚上八点才登陆，紧张什么？"

"什么山呢？"

朋友说："在木栅指南山有一个开放的茶园，市农会在山上盖了一栋木造的现代建筑，临着高高的窗口，可以看到整个绿茸茸的山谷。并且，那里有着上好的铁观音与包种茶，保证不虚此行。"

我们便沿着指南山路开始往山上开去，一入山，才发现这一整片山除了林木，就是茶园。茶园虽然没有什么变化，但只要想到它的芳香，那每片茶叶都美丽了起来。走过了樟山寺，"佩姬"的裙摆便开始浪漫地摇摆起来了。

一路上走走停停，绕过瓦厝、樟湖，时常有动人的视野出现。尤其到了樟湖的坳口附近，同时有三条彩虹出现，天上一道，山谷里也有两弯，在糅合着雨丝与阳光的午后，有一种出尘之美。朋友说："看到这三条彩虹，再大的风雨也值得了吧？"我只有默然同意。

等我们到达了传闻中美丽的建筑，才知道这栋外表全以红砖建造，内部由木头构成的楼房名称是"台北市铁观音、包种茶展示中心"，名字虽然俗气，内部倒是十分雅致，它背山面谷，一望无际。我想，在这样的地方喝茶，不管什么茶，都会好上三分。

可惜福缘不够，这茶中心已经打烊了。我们虽然一再拜托，但中心的人因为要赶着下山，便不能招待我们了。这时走过来一位年轻帅气的青年，热情地说："你们要喝茶，请到我们家来吧！"

这位青年就是眼前的张铭财。

他把我们带回家的时候，他的母亲和妻子并不感到意外，那是因为他时常带人回家喝茶。在他家的前庭还盖了一个露天饮茶的石桌椅，可惜风太大，我们不能在户外喝茶。

张铭财对他自己所种的茶叶有十足的信心，他说自己在茶树中长大，由于住在深山之中，对物质早已没什么欲望。他最大的理想是研究茶的品种与技术，希望能种出更好的茶来。

"做出更好的茶，实在是一个茶农小小的心愿哪！"他看着窗外，谈起了他回到茶乡的一些心情。

张铭财退伍的时候很可能在平地发展，但最后他还是选择回到家乡。他找了一位贤淑的妻子，她为了鼓励他继续在茶方面发展，同意随他搬到山上，才使他更安心地在山上种茶。他现在是木栅观光茶园的示范户，平时又在茶中心上班，生活过得非常惬意。

张太太说刚住到山上来有些不习惯，日子久了，习于山上平静的生活，也懒得下山了。他们有两个小孩，都是活泼可爱的，这样的风雨天里还在屋前的茶园玩耍，我想着，这会不会又是铁观音的新一代呢？

　　天色已暗，我们才有点不舍地告辞出来。张铭财的母亲赶紧跑进屋内，提一袋她早上才从竹笋田中挖来的竹笋，说："山里没有什么好招待你们，带点竹笋回去吧！"情不容辞，我摸摸竹笋，感觉到一种山上人家特有的温暖。这才是人的真实，只是我们久为红尘所扰，失去了这种真实吧！

　　回到家里，打开随手在茶展示中心拿的简介，上面有两段描述茶的味道的句子，很有意思。"铁观音：形状半球紧结，冲泡之茶汤水色蜜绿澄清，香醇有独特之喉韵。""包种茶：形状条索整齐，冲泡之茶汤水色蜜黄澄清，甘怡有清雅之花香味。"

　　有时候，我们喝一壶茶，知道某种联想、某种韵律，是从生活的温暖与真实冲泡出来，那么不仅是茶，连人情世界都是有蜜绿澄清，有香醇甘怡的独特韵味了。

一九八六年七月二十八日

柔软的时光

鸟声的再版

有时候带一部录音机可以做很多事。

清晨，我们可以在临近海边的树林录音，最好是太阳刚刚要升起的瞬间，林间的虫鸟都在准备醒来，林间充满了不同的叫声，叽叽喳喳窸窸窣窣。而太阳升起的那一刻，不仅风景被唤醒，鸟与虫也都唱出了欢声。这早晨在海滨录下的鸟声，真像一个大型的交响乐团，它们正演奏着雄伟而期待着光明的序曲。

午后最好去哪里录音呢？我们选择靠近溪畔的森茂林间，那是夏天蝉声最盛的时候。蝉声在森林里就像一次庞大的歌唱比赛，每一只蝉都把声音唱得最响。偶尔会听见，一只特别会唱的蝉把声音拔到天空，以为是没有路了，它转了一圈，再拔高上去。蝉声和夏天的温度一样，充满了热情。

黄昏时分，我们到海边去录音。海的节奏是轻缓的，以一种广大的包围推送过来，又以一种温和的宽容往后退去。有时候会传来海鸥觅食的叫声，这时最像室内乐了，变化不是太大，但别有细致美丽的风格。

夜晚的时候就要到湖畔的田野间去了，晚上的虫声与蛙鸣一向最热闹，尤其在繁星照耀的夜晚，每一个地方，都有欢愉的声音。划分起来，一半是虫或蟋蟀，一半是蛙与蛤蟆，可以说是双重奏。在生活上，它们是互相吞吃或逃避的，发出声音，反而有一种冲突的美感。

如果不喜欢交响乐、合唱团、室内乐、双重奏，偏爱独奏的话，何不选择有风的时候到竹林里去？在竹林里录下的风声，使我们知道为什么许多乐器用竹子做材料，风穿过竹林，本身就是一种繁复而丰满的音乐。

在旅行、采访的途中，我随身都会带着录音机，主要的录音对象当然是人了，但也常常录下一些自然的声音，鸟的歌唱、虫的低语、海的潮声、风的呼号……这些自然的声音在录音机里显出它特别的美丽，它是那样自由，却又有结构秩序；它是那样无为，却又充满生命的活力，它是那样单纯，却有着细腻的变化。每次听的时候，我仿佛又回到自然的现场，坐在林间、山中、海滨、湖畔，随着声音，风景整个重现了，我甚至清楚地回忆到那一次旅程停留的驿站，以及遇见的朋友。当然，也有一些温暖或清冷的回忆。

常常，我把清晨的鸟声放入录音机，调好自动播放的时间，然后安然睡去。第二天我就会在繁鸟的欢呼中醒来，感觉就像睡在高而清凉的林间。蝉声也是如此，在录音机的蝉声中睡醒，使我想起童年时代的午睡，睡在系着树的吊床上。一醒来，蝉声总是扑讲耳际。

这些声音的再版，还能随着我们的心情调大调小，在我们心情愉悦时听起来就像大自然为我们欢唱，在我们忧伤之际，听起来仿佛也有悲哀的调子。其实，它们广大而恒久不变，以雄浑的背景反映着我们，让我们能在一种极大的风格中深思，反观自己的内心。

在眼、耳、鼻、舌、身、意里，我们要从哪一根才能进入智慧呢？从前，我们过分重视意识的思考和眼睛的见解，往往使我们忽视掉听闻外界与自己的声音，嗅及外界与自己的香气，肤触外界与自己的感觉等等，这些都同样能使我们进入智慧。

我们的观世音菩萨，他正是由耳根进入智慧之门，他的"耳根圆通法门"深深地感动了我。观世音菩萨在《楞严经》里说：

> 我从闻思修，入三摩地。初于闻中，入流亡所。所入既寂，动静二相，了然不生。如是渐增，闻所闻尽，尽闻不住，觉所觉空，空觉极圆。空所空灭，生灭既灭，寂灭现前，忽然超越，世出世间。十方圆明，获二殊胜：
>
> 一者，上合十方诸佛本觉妙心，与佛如来同一慈力。
>
> 二者，下合十方一切六道众生，与诸众生同一悲仰。

观世音菩萨从闻声、思维、修正，进入空性与觉性浑然一体至极圆明的境界，最后甚至超越世间与出世间所有的境界，使他体证到自己的本性和佛一样，具有大慈大能，也使他体会到六道众生的心虑，而与一切众生同样有悲心的仰止。这从声音来的最高境界，是多么动人！

那从许多地方录下来的声音，不只是心的洗涤，有时真能令我们体会到空明的觉性，知道佛的慈力与众生的悲仰。当我们在最普通的声音里听见了觉性的空明，会使我们的心流下清明与感恩的眼泪。

　　与朋友去登大屯山。秋气景明，我们沿着两旁种满箭竹的石板阶梯缓步攀高，偶尔停下来俯望红尘万丈的城市，以及在山间流动着的雾气。时有不知名的鸟，如箭凌空而过，留下清越的叫声。

　　不知道为什么，我们谈起了"文学死亡"的问题，大概是因为《蓝星》诗刊的停刊吧。

　　《蓝星》是一本大型诗刊，它的停刊等于正式为诗刊画下了休止符。

　　近年来出版的文学书籍普遍滞销，使得出版文学书籍的出版社多处于半停滞的状态，有勇气出版文学书籍的出版社往往要面临库存与赔本的命运。

近几年来，似乎也没有特别引人注目的文学作品。从前一有好的创作就奔走相告、洛阳纸贵的情景，仿佛只能在梦中追忆了。

朋友说文学没落，或者说文学濒临死亡的原因，是读者与市场不支持。文学投入市场一再地遭到挫败，使出版者望而却步，不敢在文学作品上投资。作家由于得不到响应，创作上意兴阑珊，甚至一些有才情的作家转业从商，做房地产和炒股票。更年轻的创作者把这些看在眼里，不敢再走文学的道路。长远下来，文学自然没落了。

"最重要的原因还在于现代人不读书，没有市场。"朋友说。

这时，我们正好登上了大屯山的最高点。

听说这是台北盆地的第三高峰，视野果然开阔，可以一直看到北面的海边，环顾四面，整个台北就展现在眼前了。听说每年到冬天，我们站立的大屯山高点都会下雪，那时站在雪封的高顶，城市之繁美、灯火之亮灿就更动人心魄了。

我对朋友说，文学之没落与市场的关系微乎其微。在古代，中国的文学并没有什么市场，文学家还不是写出了无数感人的伟大作品吗？以我正在读的寒山子的诗为例，寒山子"每得一篇一句，辄题于树间石上”，一共写了六百多首诗，现存的就有三百一十二首。

在树上、石头上都可以写诗，哪来什么市场问题呢？寒山子有一首诗可以表达他的创作心灵：

> 一住寒山万事休，
> 更无杂念挂心头。
> 闲于石壁题诗句，
> 任运还同不系舟。

可见，一个文学家从事创作乃是基于心灵的渴望与表达，有市场时固然可以刺激作品产生，但即使没有市场，也应该一样能写出好的作品。如果一个文学家必须仰赖市场而创作，则表示他的创作心灵尚未到达成熟之境。

因此，读者不应该为文学的没落承担任何责任。说现代人不读书也不公平，以近几年为例，台北就出现了许多家面积超过四百坪（坪：土地或房屋面积单位，1坪约合3.3平方米。——编者注）的大型书店，可见读书人口是在增加的。许多读书人宁可去读对心灵没有助益的东西，也不愿读文学书，光是这一点就值得文学家深思了。

市场对文学无绝对影响，读书人的人口也在增加，文学却奄奄一息。

我对朋友说："我们写作的人应该反省。我每读报上或周刊上介绍的好书，都觉得比读唐宋时期的作品还难懂，文字艰涩、思想僵化、创作浮夸。作者呢，写作态度不端正，名利心跃然于纸上，文学没落实在是有道理呀！"

反过来说，要使文学重活于世间，我们必须写一些文字优美、思想开阔、创作深刻、写作态度诚恳、不为名利的作品，这才是拯救文学之道，至于稿费、市场、文学家应得的尊重都是次要的了。

从大屯山主峰下来，夕阳已经快西下了，满山的绿草蒙着金光，洁白的菅芒草含苞饱满，等待着秋天吐蕊盛放。它们永远都是那样盛放，不会因为有人看就开得更美，也不会因为没人看就随便一开，不会先有意识形态再开，不会结党营私，也不会故意要开成后现代主义的样子。甚至呀甚至，它们不会故意开出别人不能欣赏的样子，以证明自己的纯白。

由于夕阳的关系，大屯山的山影整个投射在马路上。那影子的线条十分优美，可以使人想象到那座山的伟岸。但是影子到底不是真实的山，正如所有对文学没落的思维、研究、检讨，都不如努力去创作。所有的形式、主义、意识形态、同人情结都只是路上的影子，不是真正的大山。

　　我们的车子沿路下山，穿过台北县和台北市的界碑。我想，文学家应该突破疆界，以更大的包容与自由来努力写作！

　　要使自己成为大山，不只是路上的影子。

曼妙的云

　　在往南投山中的小路上，两旁的荔枝树结满了果实。果实都已成熟了，泛着深沉饱满的红色，累累团聚在柔软的枝条，仿佛要垂到土地上一般。

　　荔枝园里戴斗笠的农妇正忙着收成。在蔚蓝的天空下，空气轻轻地流动，使忙碌采收荔枝的动作呈现出一种安静优美的图像，有如印象派的田园作品。

　　在这块土地上，我每回看到农作丰收，看到农人收成自己的辛勤果实，都深受震动。童年每一次收成的欢愉就从深处被唤醒出来，觉得生命或不免悲苦，至少收成使我们感受到有一个幸福的希望。

尤其是在这条路，正要去拜见印顺导师，使我的心似乎随着山路往上提升，因为这是我向往已久的心愿了。

我在学佛之初，曾深受印顺导师所著《妙云集》的影响。当时对佛经一知半解，阅读经典格外辛苦，常常往佛教的书店去钻，一次就搬回来一大箱书。有一次请回一套《妙云集》，看了一个月之久，我长久以来对佛教的谜团都在这套书里找到了答案，而我在思想上无法转动的疑窒，也在《妙云集》里得到了纾解。

一直到现在，印顺导师的《妙云集》还对我有几个重要的影响，一要出世与入世并重，二要佛学与学佛并行，三要大乘与小乘同钻，四要超越神化与俗化，五要走向平实与长远。总而言之，就是在中道里，一步一步稳健地向前。

对初学佛的人，不免多少会落于两边，例如认为佛教是在寻找来世的解脱之道，因此就忽视了今生；例如认为实践是唯一重要的，不必浪费时间阅读经典；例如要就学大乘菩萨，小乘实在不值一观；例如着眼于炫奇的神通，不能回观平凡的众生；例如追求感应，而不能落实于现实生活……我在刚开始的时候，偶尔也会有这种偏失，幸好那时候读了《妙云集》，使我知道，真正的佛教实有更宽广的风格与更高远的境界，尤其是其中的"佛法概论""成佛之道"，以及关于经典的讲解，更使我的眼界大开，从此读佛经有如开罐饮蜜，终于尝到法味。

因此后来有人问我初学佛的人应该读哪些佛书，我都劝他们读《妙云集》。如果没有时间，读读《妙云选集》也是很好的，能建立起我们坚强的正知正信的基础。

由于有这一段《妙云集》的因缘，在我的心中，印顺导师是"和天一样高"的法门龙象，若以学术成就观之，也是国宝级的人物。这些年来，我参访过不少高僧大德，唯有印顺导师近年隐居山间，不接见访客，一直无缘亲近。这次因缘殊胜可以拜见，竟使我在前一天的晚上为之失眠，甚至快到他居住的地方，心口不由自主地怦怦乱跳。随行的朋友说，看我兴奋的样子，一点都不像是个修行人。

导师果然隐居在荔枝园子里，屋前屋后都被荔枝树包围，他的侍者出来接待我们，手里端一盘荔枝说，导师身体违和，所以在楼上休息，嘱我们先吃点荔枝，他要上楼通报。我便边吃荔枝边观察环境，导师住在一幢极朴素整洁的二层洋房，屋前有一个格局虽小却花树繁盛的花园。蝴蝶、蜜蜂、蜻蜓在院子里飞舞，不时传来一声极清越的鸟声。即使是早晨时分，也可以感受到这是极端宁静的所在。

同行的雅璇看我荔枝已经吃了半盘，说："我们还是先上楼向导师请安吧！"

导师坐在临东边的大窗前，看到我们，露出和煦的微笑说："你们来了呀！坐坐！"声音清爽厚重。

礼拜过后，一时不知说些什么，竟沉默了一阵。他微笑地看着我们说："你们的信我收到了，问的问题都很大呀！恐怕短短的时间说不清楚。"这时我才正视他，发现与我在书里得到的印象有一点点的不同。书里的导师智慧如海，是严肃而知性的，就是他的相片看起来也是威严庄肃。但现在坐在我面前的导师，全身的每一个细胞都散发着慈悲的香气，那样的温和而感性，真是出乎我的意料。

导师已经八十四岁，但他的气色看起来好极了，就像窗前荔枝的颜色。他坐在那里，给我的感觉是窗内窗外都有太阳。对于我们的来访，他很高兴，一直问我："喝茶了没有？"当他说这一句时，我想起了赵州禅师。

我对导师说，我读过他的《妙云集》，还有《中国禅宗史》和《空之探究》，获得许多法益，他不住地说："很好，很好。"

我会读《中国禅宗史》和《空之探究》，是有一次我的皈依师父圣严法师问我："你读过《中国禅宗史》和《空之探究》没有？"我摇头。师父说："你好好地读，对你了解禅宗是有帮助的。"后来我仔细阅读，果然给我很大的开启，厘清了我对禅宗一些纠葛的思路。我把这一段报告给印顺导师听，他说，中国禅宗自己发展出很伟大的风格，它丰富了禅定的内容，使其可以在生命里实践，甚至在生活的每一细节展现出来。尤其是六祖的顿悟禅，使禅的生气勃发，成为般若的大海，真是了不起的成就，所以中国人应该特别珍惜禅宗。

我又问说："禅宗是不是大乘呢？"

导师笑起来："当然是了。"

他的理由是，禅宗里讲身心净化，是要内净自心，外净世界，不是自我求了脱，因为一旦破了我执，世界与我就无所分别。而禅者也讲慈悲与智慧，其修行的顿悟，正是慈悲与智慧真正的实现。

他说："最重要的是实践，实践是禅最要紧的东西。"

许多人都知道印顺导师是当代伟大的思想家，对佛教学术有非凡的贡献，甚至以为他是个"学者"。其实在他的著作里，经常提示学人要实践，要学佛与佛学并重，不可使佛教成为理论。他自己当然是个实践者，他一向主张不只佛教徒要实践佛法，也要用佛法来改善现实社会，使佛法成为改进世间的方法，那是因为佛法以有情为本，它应该以大众为对象，使众生得到利益。

导师自幼体弱多病，经常活在生死边缘。我们读《印顺导师学谱》就知道，他几乎年年都生大病，有好几次甚至预立遗嘱，可以说他从来没有健康过。但是他从二十六岁开始佛学写作，五十几年来从未间断，时常病倒在床，仍然著述不断。他的信仰之坚定，毅力之坚强都是非凡的，他为法忘躯就是最伟大的实践，也正是大乘菩萨的精神。

他常说："信仰佛法，而不去实践，是本末倒置的。"我们今天读导师的书，应该认识到他的实践精神才好。

后来，我们把椅子搬到院子来谈，导师的谈兴很好，他的声音铿锵有力，丝毫没有老态。他说到文殊佛教中心在谈的两个题目："佛教徒应不应该有王永庆？""佛教徒的婚姻观。"他说，佛教徒应该用几个角度看问题，一是自然，二是广大，三是圆融。金钱与婚姻都可以作如是观。只要有正命正业，佛教徒赚大钱没什么不好，正可以回馈社会，做布施行。婚姻也是如此，若能互相鼓舞，也可以成为佛化家庭，对社会有正面和良性的影响。

他说："我们学佛的人不要看这个也不对，看那个也不对，什么都要扫来心里放着，这就是自寻烦恼。"导师的幽默，使我们听了都哈哈大笑，感觉到如同院子的阳光一样温暖。

我们谈了近两个小时，侍者来说导师应该休息了，大家才恭送导师回房。

在回来的路上，有一个人问我："为什么称印顺导师为导师呢？这是个很特别的称呼啊！"

这个因缘可能很多人不知道，导师在三十六岁时（一九四一年），他的学生演培法师在四川合江县法王寺创办法王学院，礼聘他为"导师"，从此学众都称他"导师"。他初来台湾，台北善导寺也聘为"导师"，从此教内教外都称他为导师。正如后辈学佛的人称"广钦老和尚""宣化上人""悟明长老""忏公"（忏云上人）"圣严禅师""星云大师"一样，"印顺导师"也标明并彰显了他名称的特质，正是引"导"千千万万的佛子走向了学佛正轨，足以为人天"师"范。

告辞导师下山的路上，我感到天地清朗。南投山上正飘浮着几朵单纯洁净的白云，俯视着人间，我想到导师曾写过一首偈：

愿此危脆身，仰凭三宝力；

教证得增上，自他咸喜悦。

不计年复年，且度日又日；

圣道耀东南，静对万籁寂。

思及导师的人格与风范，在仰观苍空的时候，使我们有豁然之感。而天上的白云则是自由而曼妙，恍如最庄严的白莲花，在最高的地方，犹自在开放！

柔软的时光

楞严经二帖

灯能显色，如是见者，是眼非灯。

眼能显色，如是见性，是心非眼。

我进入书房，把灯打开。

这时，我看见了四壁围着我的书，它们的颜色都一一呈现出来，精装的经典，书背是藏青、橙红与灰褐色的。套书与丛书都是经过规划，一式一样地站立。那些零散的现代书籍则花枝招展地穿着艳丽的衣裙。

书架上还有一些现代雕塑闪着金光，陶瓷则说着乡土的语言。穿梭在雕塑与陶瓷间的是一束褐色的干燥花和一瓶正怒放绿叶的万年青。这么多的颜色有时让人目眩，在工作累了的时候我把灯关掉，静静坐在黑暗里，闭着眼睛，再张开的时候我什么都看不见了。

在关灯以后，我也不是看不见，而是看见了黑暗。在黑暗中，我知道我的什么书摆在什么地方，我一伸手就可以拿到。

灯、眼睛，与看见的问题让我迷惑了。

是灯在看见吗？是的，因为灯没有点亮之前，我们看不见眼前的东西。

不不，不是的，如果说灯有看见或看不见的本能，为什么开关在我的手上，我难道可以控制一个能见事物的本能吗？

那么，是眼在看见吗？是的，点亮的灯只能发光，照出色相，灯光本身并没有看见的功能，是我们的眼睛借着灯光看见了东西，我们的眼睛才有看见的本能。

不不，不是的，如果说是眼睛有看见的本能，为什么在黑暗里我闭起眼睛，还是知道书房里的一切呢？为什么每一个人看同样的书却有了分别和不同的想法呢？有一些心性有病或低能的人，他的眼睛的功能和我们完全一样，为什么他看见也等于什么都没看见呢？再说，如果眼睛近视或远视的人，他必须戴眼镜才看得见，是他的眼睛或眼镜有见的功能，还是他的心呢？

既然不是灯光在看，不是眼睛在看，我们是用什么来看着这个世界呢？什么才是看见的本性呢？

它是我们的心，只有我们的心才能真实地看见事物，我们的心才有见到事物本质的功能。

有明慧的心的人，拥有一对好眼睛，在打开灯的时候，才能真实地看见。有灯光的时候，眼盲的人仍然看不见。好眼睛的人又遇到有灯光，没有心，也仍然看不见。所以，对灯光的讲究，对眼睛的保养，都不如磨亮明慧的心来得重要。

又如新霁，清旸升天，光入隙中，发明空中诸有尘相。尘质摇动，虚空寂然。如是思维：澄寂名空，摇动名尘。

在雪霁初晴的时候，晴朗的阳光照亮了整个天空，有的阳光偶然照进了门窗的隙缝里面。在这隙缝的阳光里，我们能清楚地看见空中尘埃飞扬的景象。

不管尘埃如何摇动，虚空的本质依然寂静没有改变。从这个现象来思考观照，就会知道虚空的本质是澄清寂然的，而尘埃的状态则是上下摇动的。

我们都曾在某一个午后，坐在窗前看阳光从缝中射入，看见了光中的尘埃。阳光照射窗隙是一种偶然啊！仿佛是客人走到我们的门口，它移动了，离开了，就好像客人离去了，脚步声杳，尘埃也看不到了。

窗隙里如果没有阳光照射，我们不能说那里就没有尘埃飘动，只是隐藏着，等待阳光会合的因缘罢。如果阳光不来，就没有尘埃飘动的景象。

尘埃摇不摇动，对窗隙的阳光是没有增减的；阳光照不照耀进窗户，对虚空里光明澄澈的太阳也是没有增减的。

我们的一生是不是就像阳光偶然照进了门窗的缝隙呢？

我们一生的际遇，成功与失败，欢乐与哀愁，高歌与悲叹，获得与失落是不是就像窗隙阳光里飘动的灰尘呢？

我们发现尘埃多一些少一些，飘摇得厉不厉害并没有意义，因为尘埃不是生命的真实。

我们守住窗隙的阳光，希望它能永远留在那里也是不可靠的，因为窗隙的阳光只是一个偶然，也不是阳光的主人。

相对于苍空中的太阳，我们自性的真实就是那样子的。如果我们发现了光明遍满的自我本质，那么我们对于如窗隙的一生的因缘就不会执着。当然，一切人生的是非成败转头成空，青山依旧，几度夕阳，我们也就不会被外在的利衰毁誉等尘埃所迷转了。

可悲的是，我们都知道窗隙的阳光是一种偶然，阳光里的尘埃是不定的假象，但我们却不肯相信人生其实也像是那样啊！

从灰尘走出来吧！从窗隙的阳光走出来吧！看看窗外天空中与我们心性中同时照耀的、澄清的太阳吧！

彩虹汗珠

　　刚做完运动，坐在阳台乘凉，这时才发现刚刚的大雨已经过了，天边的阳光重新展颜，而在山与山之间挂着一弯又长又大的彩虹，明亮、鲜艳、温暖，多么美的彩虹呀！如果天天能看见这么美的天空不知道多幸福，我那样想着。

　　我的汗还在流着，手臂上冒出一粒粒豆大的汗珠，阳光和煦地抚触着。这时我看见自己手臂上的汗珠，每一粒都是七彩的，宛若蕴藏着一道彩虹，和天边的彩虹一样明亮、鲜艳而温暖。

　　我知道了，手臂上每一粒汗珠里的彩虹与天空那宏伟的彩虹在本质上是没有差别的。这使我知道，微尘中见一切法界是可以理解的。微尘与法界的关系虽比汗珠与彩虹要甚深微妙，但理体同一，正如《须真天子经》中说的："譬如天下，万川四流，各自有名，尽归于海，合为一味。所以者何？无有异故也。如是天子！不晓了法界者，便呼有异；晓了法界者，便见而无异也。"

看着手臂上的汗珠一粒粒冒出，粒粒晶莹剔透，悉数化为明艳的彩虹，这时就更觉得《华严经》的偈是多么真实，多么辽阔而伟大：

> 一一毛孔中刹海，等一切刹极微数，
>
> 佛悉于中坐道场，菩萨众会共围绕。
>
> 一一毛孔所有刹，佛悉于中坐道场，
>
> 安处最胜莲华座，普现神通周法界。
>
> 一毛端处所有佛，一切刹土极微数，
>
> 悉于菩萨众会中，皆为宣扬普贤行。
>
> 如来安坐于一刹，一切刹中无不现，
>
> 十方无尽菩萨云，普共同来集其所。

轻轻地读诵这首偈，从优美的玄想中抬起头来，天边的彩虹已经消逝，手上汗珠的彩虹仍在闪烁。佛菩萨给我们偶然的示现正如天边的彩虹，要很多因缘凑巧才能得见。对一位修行者而言，最重要的不是日日期待天上的彩虹，而是时时看见手上的彩虹与心里的彩虹。

佛鼓

住在佛寺里，为了看师父早课的仪礼，清晨四点就醒来了。走出屋外，月仍在中天，但在山边极远极远的天空，有一些早起的晨曦正在云的背后，使灰云有了一种透明的趣味。灰色的内部也仿佛早就织好了金橙色的衬里，好像一翻身就要金光万道了。

鸟还没有全醒，只偶尔传来几声低哑的短啾，听起来像是它们在春天的树梢夜眠有梦，为梦所惊，短短地叫了一声，翻个身，又睡去了。

最最鲜明的是醒在树上一大簇一大簇的凤凰花。这是南台湾的五月，凤凰花的美丽到了顶峰，似乎有人开了染坊，就那样把整座山染红了。即使在灰蒙的清晨的寂静里，凤凰花的色泽也是非常雄辩的。它不是纯红，但比纯红更明亮，也不是橙色，却比橙色更艳丽。比起沉默站立的菩提树，在宁静中的凤凰花是吵闹的，好像在山上开了花市一样。

说菩提树沉默也不尽然。经过了寒冷的冬季，菩提树的叶子已经落尽，仅剩下一株株枯枝守候春天。在冥暗中看那些枯枝，格外有一种坚强不屈的姿势，有一些生发得早的，则从头到脚怒放着嫩芽、翠绿、透明、光滑、纯净，桃形叶片上的脉络在黑夜的凝视中，片片了了分明。我想到，这样平凡单纯的树竟是佛陀当年成道的地方，自己就在沉默的树与精进的芽中深深地感动着。

这时，在寺庙的角落中响动了木板的啪啪声，那是醒板，庄严、沉重地唤醒寺中的师父。醒板的声音其实是极轻极轻的，一般凡夫在沉睡的时候不可能听见，但出家人身心清净，不要说是醒板，怕是一根树枝落地也是历历可闻的吧！

醒板拍过，天空逐渐有了清明的颜色，燕子的声音开始多起来，像也是被醒板叫醒，准备着一起做早课了。

然后钟声响了。

佛寺里的钟声悠远绵长，犹如可以穿山越岭一般。它深深地渗入人心，带来一种警醒与沉静的力量。钟声敲了几下，我算到一半就糊涂了，只知道它先是沉重缓慢的咚嗡咚嗡咚嗡之声，接着是一段较快的节奏，嗡声灭去，仅剩咚咚的急响，最后又回到了明亮轻柔的钟声，在山中余韵袅袅。

听着这佛钟，想起朋友送我一卷见如法师唱念的《叩钟偈》。那钟的节奏是单纯缓慢的，但我第一次在静夜里听《叩钟偈》，险险落下泪来。人好像被甘露遍洒，初闻天籁，想到人间能有几回听这样美的音声，如何不为之动容呢？

晨钟自与《叩钟偈》不同。后来有师父告诉我，晨昏的大钟共敲一百零八下，因为一百零八下正是一岁的意思。一年有十二个月，有二十四个节气，有七十二候，加起来正合一百零八，就是要人岁岁、年年、日日、时时都要警醒如钟声在侧。但是另一个法师说，一百零八是在断一百零八种烦恼，钟声有它不可思议的力量。到底何者为是，我也不能明白，只知道听那钟声有一种感觉，像是一条飘满了落叶尘埃的山径，突然被钟声清扫，使人有勇气，有精神爬到更高的地方，去看更远的风景。

钟声还在空气中震荡的时候，鼓响起来了。这时我正好走到大悲殿的前面，看到逐渐光明的鼓楼里站着一位比丘尼，身材并不高大，与她面前的鼓几乎不成比例，但她所击的鼓声竟完整地包围了我的思维，甚至包围了整个空间。她细致的手掌，紧握鼓槌，充满了自信，鼓槌在鼓上飞舞游走，姿势极为优美，或缓或急，或如迅雷，或如飙风……

我站在通往大悲殿的台阶上看那小小的身影击鼓，不禁痴了。那鼓，密时如雨，不能穿指；缓时如波涛，汹涌不绝；猛时若海啸，标高数丈；轻时若微风，拂面轻柔。它急切的时候，好像声声唤着迷路孩童归家的母亲的喊声；它优雅的时候，自在得一如天空飘过的澄明的云，可以飞到世界最远的地方……那是人间的鼓声，但好像不是来自人间，是来自天上或来自地心，或者来自更邈远之处。

鼓声歇止有一会儿，我才从沉醉的地方被叫醒。这时《维摩诘经》的一段经文突然闪照着我，文殊师利菩萨问维摩诘居士："何等是菩萨入不二法门？"当场的五千个菩萨都寂静等待维摩诘的回答，维摩诘怎么回答呢？他默然不发一语。过了一会儿，文殊师利菩萨赞叹地说："善哉善哉！乃至无有文字语言，是真入不二法门。"

后来有法师说起维摩诘的这一次沉默，忍不住赞叹地说："维摩诘的一默，有如响雷。"诚然，当我听完佛鼓的那一段沉默里，几乎体会到了维摩诘沉默一如响雷的境界了。

往昔在台北听到日本"神鼓童"的表演时，我以为人间的鼓无有过于此者，真是神鼓！直到听闻佛鼓，才知道有更高的境界。神鼓童是好，但气喘咻咻，不比佛鼓的气定神闲；神鼓童是苦练出来的，表达了人力的高峰，佛鼓则好像本来就在那里，打鼓的比丘尼不是明星，只是单纯的行者；神鼓童是艺术，为表演而鼓，佛鼓是降伏魔邪，渡人出生死海，减少一切恶道之苦，为悲智行愿而鼓，因此妙响云集，不可思议。

最最重要的是，神鼓童讲境界，既讲境界就有个限度；佛是不讲境界的，因而佛鼓无边，不只醒人于迷，连鬼神也为之动容。

佛鼓敲完，早课才正式开始。我坐下来在台阶上，听着大悲殿里的经声，静静地注视那面大鼓。静静地，只是静静地注视那面鼓，刚刚响过的鼓声又如潮汹涌而来。

殿里的燕子也如潮地在我面前穿梭细语，配着那鼓声。

大悲殿的燕子

我说如潮，是形影不断、音声不断的意思。大悲殿一路下来到女子佛学院的走廊、教室，密密麻麻的全是燕子的窝巢。每走一步抬头，就有一两个燕窝，有一些甚至完全包住了天花板上的吊灯，包到开灯而不见光。但是出家人慈悲为怀，全宝爱着燕子，在生命面前，灯算什么呢？

我仔细地看那燕窝，发现燕窝是泥塑的长形居所，它隆起的形状，很像旧时乡居土鼠的地穴，看起来是相当牢靠的。每一个燕窝住了不少燕子，你看到一个头钻出来，一剪翅，一只燕子飞远了，接着另一只钻出头来，一个窝总住着六七只燕，是不小的家庭了。

　　几乎是在佛鼓敲的同时，燕子开始倾巢而出。于是天空上同时有了一两百只燕子在啁啾，穿梭如网。那一大群燕子，玄黑色的背，乳白色的腹，剪刀一样的翅膀和尾羽，在早晨刚亮的天空下有一种非凡的美丽。也有一部分熟练地从大悲殿的窗户里飞进飞出地戏耍，于是在庄严的诵经声中，有一两句是轻嫩的燕子的呢喃，显得格外地活泼起来。

　　燕子回巢也是一奇，俯冲进入屋檐时并未减缓速度，几乎是在窝前紧急刹车，然后精准地钻进窝里，看起来饶有兴味。

　　大悲殿里燕子的数目，或者燕子的年龄，师父也并不知。有一位师父说得好，她说："你不问，我还以为它们一直是住这里的，好像也不曾把它们当燕子，而是当成邻居。你不要小看了这些燕子，它们都会听经的。每天早晚课，燕子总是准时地飞出来，天空全是燕子。平常，就稀稀疏疏了。"

　　至于如何集结这样多的燕子，师父都说，佛寺的庄严、清净、慈悲、喜舍是有情生命全能感知的。这是人间最安全之地，所以大悲殿里还有不知哪里跑来的狗，经常蹲踞在殿前。殿侧的大湖开满红白莲花，湖中有不可数的游鱼，据说听到经声时会浮到水面来。

　　过去深山丛林寺院时常发生老虎、狐狸伏在殿下听经的事。

我听说过一个动人的故事，有一回一个法师诵经，七八只老虎跑来听，听到一半有一只打瞌睡，法师走过去拍拍它的脸颊说："听经的时候不要睡着了。"

我们无缘见老虎闻法，但有缘看到燕子礼佛、游鱼出听，不是一样动人的吗？

众生如此，人何不能时时警醒？

木鱼之眼

谈到警醒，在大雄宝殿、大智殿、大悲殿都有巨大的木鱼，摆在佛案的左侧，它巨大厚重，一人不能举动，诵经时木鱼声穿插其间。我常觉得在法器里，木鱼是比较沉着的，单调的，不像钟、鼓、磬、钹的声音那样清明动人。但为什么木鱼那么重要？关键全在它的眼睛。

佛寺里的木鱼有两种，一种是整条挺直的鱼，与一般鱼没有两样，挂在库堂，用粥饭时击之；另一种是圆形的鱼，连鱼鳞也是圆形，放在佛案，诵经时叩之；这两种不同形的鱼有一个共同的特征，就是眼睛奇大，与身体不成比例，有的木鱼，鱼眼大如拳头。我不能明白为何鱼有这么大的眼睛，或者为什么是木鱼，不是木虎、木狗或木鸟？问了寺里的法师。

法师说："鱼是永远不闭眼睛的，昼夜常醒，用木鱼做法器是为了警醒那些昏惰的人，尤其是叫修行的人志心于道，昼夜常醒。"

这下总算明白了木鱼的巨眼，但是那么长的时间醒着做些什么，总不能像鱼一样游来游去吧！

法师笑了起来："昼夜长醒就是行住坐卧不忘修行，行法则不外'六波罗蜜'：一布施、二持戒、三忍辱、四精进、五禅定、六智慧，这些做起来，不要说昼夜长醒时间不够，可能五百世也不够用。"

木鱼是为了警醒，假如一个人常自警醒，木鱼就没有用处了。我常常想，浩如瀚海的佛教经典，其实是在讲心灵的种种尘垢和种种磨洗的方法。它只有一个目的，就是恢复人的本心里明澈朗照的功能，磨洗成一面镜子，使对人生宇宙的真理能了了分明。

磨洗不能只有方法，也要工具。现在寺院里的佛像、舍利子、钟鼓鱼磬、香花幢幡，无知的人目为是迷信的东西，却正是磨洗心灵的工具。如果心灵完全清明，佛像也可以不要了，何况是木鱼呢？

木鱼作为磨洗心灵的工具是极有典型意义的，它用永不睡眠的眼睛告诉我们，修行没有止境，心灵的磨洗也不能休息。住在清净寺院里的师父，昼夜在清洁自己的内心世界，居住在五浊尘世的我们，不是更应该磨洗自己的心吗？

因此我们不应忘了木鱼以及木鱼的巨眼。以木鱼为例，在佛寺里，凡人也常有能体会的智慧。

低头看得破

在佛寺里，凡人也常有能体会的智慧。像我在寺里看到比丘和比丘尼穿的鞋子，就不时地纳闷起来，那鞋其实是不实用的。一只僧鞋前后一共有六个破洞，那不是为了美观，似乎也不是为了凉爽。因为，假如是为了凉爽，大部分的出家人穿鞋，里面都穿了厚的布袜，何况一到冬天就难以保暖了。假如是为了美观，也不然，一来出家只求洁净，不讲美观；二来僧鞋的黑、灰、土三色都不是顶美的颜色。有了，大概是为了省布，节俭守戒是出家人的本分。也不是，因为僧鞋虽有六洞，制作上的布料和连着的布是一样的，而且反而费工。那么，到底是为什么，僧鞋要破六个洞呢？我遇到了一位法师，光是一只僧鞋的道理，他说了一个下午。他说，僧鞋破六个洞是要出家人"低头看得破"。低头是虔诚有礼，看得破是要看破眼、耳、鼻、舌、身、意六根，是要看破色、声、香、味、触、法六尘，以及参破六道轮回，勘破贪、嗔、痴、慢、疑、邪见六大烦恼。甚至也要看破人生的短暂，人身的渺小。

从积极的意义来说，这六个破洞是"六法戒"，就是不淫、不盗、不杀、不妄语、不饮酒、不非时食；是"六正行"，就是读诵、观察、礼拜、称名、赞叹、供养；以及"六波罗蜜"：布施、持戒、忍辱、精进、禅定、智慧。

小小一只僧鞋就是天地无边广大了，让我们不得不佩服出家人。出家人不穿皮制品，因为非杀生不足以取皮革，出家人也不穿丝制品，因为一双丝鞋，可能需要牺牲一千条蚕的性命呢！就是穿棉布鞋，规矩不少，智慧无量。

最后我请了一双僧鞋回家，穿的时候我总是想：要低得下头，要看得破！

后记：导演刘维斌发心要拍一套正统佛教的早课礼仪，约我同往佛光山。本来大悲殿与女子佛学院都是不准男众进入的，我们幸蒙特准，才看到了大悲殿的燕子。在山上的麻竹园住了几天，随手写笔记，这是其中四则，因缘会合，特此并记。

一九八五年六月十八日

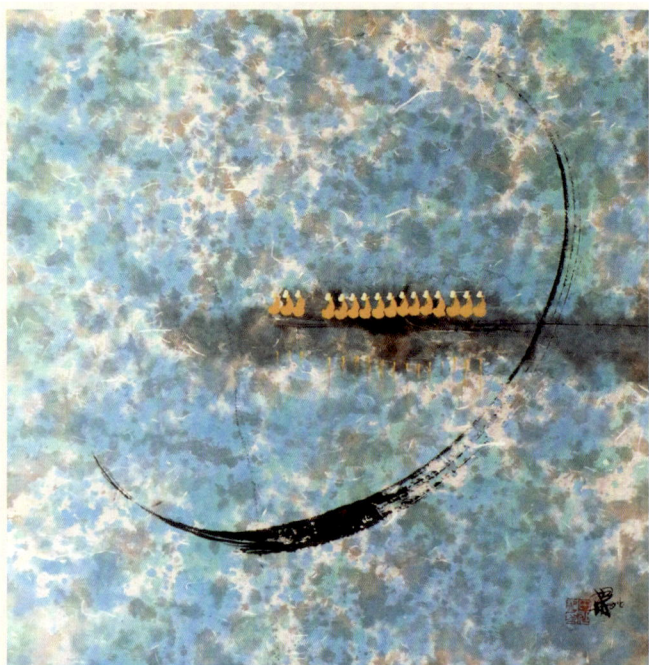

柔软的时光

家家有明月清风

到台北近郊登山，在陡峭的石阶中途，看见一个不锈钢桶放在石头上，外面用红漆写了两个字"奉水"，桶耳上挂了两个塑胶茶杯，一红一绿。在炎热的天气里喝了清凉的水，让人在清凉里感觉到人的温情。这桶水是由某一个居住在这城市里陌生的人所提供的，他是在每天清晨太阳未升起时就抬这么重的一桶水来，那细致的用心是颇能体会到的。

在烟尘滚滚的尘世，人人把时间看得非常重要，因为时间就是金钱，几乎到了没有人愿意为别人牺牲一点点时间的地步，即使是要好的朋友，如果没有重要的事情，也很难约集。

但是当我在喝"奉水"的时候，想到有人在这上面花了时间与心思，牺牲自己的力气，就觉得在忙碌转动的世界，仍然有从容活着的人，他为自己的想法去实践某些奉献的真理，这就是"滔滔人世里，不受人惑的人"。

这使我想起童年住在乡村，在行人路过的路口，或者偏僻的荒村，都时常看到一只大茶壶，上面写着"奉茶"，有时还特别钉一个木架子，把茶壶供奉起来。我每次路过"奉茶"，不管是不是口渴，总会灌一大杯凉茶，再继续前行。到现在我都记得喝茶的竹筒子，里面似乎还有竹林的清香。

在我稍稍懂事的时候，看到了奉茶，总会情不自禁地想起乡下土地公庙的样子，感觉应该把放置"奉茶"者的心供奉起来，让人瞻仰。他们就是自己土地上的土地公，对土地与人民有一种无言无私之爱，这是"凡劳苦担重担的人，都到我这里来，我必使他得清凉"的胸怀。我想，有时候人活在这个人世，没有留下任何名姓也不是什么要紧的事，只要对生命与土地有过真正的关怀与付出，就算尽了人的责任。

很久没有看见"奉茶"了，因此在台北郊区看到"奉水"时竟低回良久，到底，不管是茶是水，在乡在城，其中都有人情的温热。山道边一杯微不足道的凉水，使我在爬山的道途中有了很好的心情，并且感觉不是那么寂寞了。

　　到了山顶，没想到平台上也有一只完全相同的钢桶，这时写的不是"奉水"，而是"奉茶"，两个塑胶茶杯，一黄一蓝，我倒了一杯来喝，发现茶是滚热的。于是我站在山顶俯视烟尘飞扬的大地，感觉那准备这两桶茶水的人简直是一位禅师了。在完全相同的桶里，一冷一热，一茶一水，连杯子都配得恰恰刚好，这里面到底是隐藏着怎么样的一颗心呢？

　　我一直认为不管时代如何改变，在时代里总会有一些卓然的人，就好像山林无论如何变化，在山林中总会有一些清越的鸟声一样。同样地，人人都会在时间里变化，最常见的变化是从充满诗情画意逍遥的心灵，变成平凡庸俗而无可奈何，从对人情时序的敏感，成为对一切事物无感。我们在股票号子（这号子取名真好，有点像古代的厕所）里看见许多瞪着广告牌的眼睛，那曾经是看云、看山、看水的眼睛；我们看签六合彩的双手，那曾经是写过情书与诗歌的手；我们看为钱财烦恼奔波的那双脚，那曾经是在海边与原野散过步的脚。我们的眼、耳、鼻、舌、身、意看起来仍然跟二十年前无异，可是在本质上，有时中夜照镜，已经完全看不出它们的联结。那理想主义的、追求完美的、每一个毛孔都充满光彩的我，究竟何在呢？

　　清朝诗人张灿有一首短诗："书画琴棋诗酒花，当年件件不离它。而今七事都更变，柴米油盐酱醋茶。"很能表达一般人在时空中流转的变化，从"书画琴棋诗酒花"到"柴米油盐酱醋茶"，人的心灵必然是经过了一番极大的动荡与革命，只是凡人常不自觉自省，任庸俗转动罢了。其实，有伟大怀抱的人物也未能免俗，梁启超有一首《水调歌头》我特别喜欢，其后半阕是："千金剑，万言策，两蹉跎。醉中呵壁自语，醒后一滂沱。不恨年华去也，只恐少年心事，强半为销磨。愿替众生病，稽首礼维摩。"我自己的心境很接近梁任公的这首词，人生的际遇不怕年华老去，怕的是少年心事的"销磨"，到最后只有"醒后一滂沱"了。

在人生道路上，大部分有为的青年，都想为社会、为世界、为人类"奉茶"，只可惜到后来，大半的人都回到自己家里喝老人茶了。还有一些人，连喝老人茶自遣都没有兴致了，人到中年还能有奉茶的心，是非常难得的。

有人问我，这个社会最缺的是什么东西？

我认为最缺的是两种，一是"从容"，一是"有情"。这两种质量是大国民的质量，但由于我们缺少"从容"，因此很难见到步履雍容、识见高远的人；因为缺少"有情"，则很难看见乾坤朗朗、情趣盎然的人。

社会学家把社会分为青年社会、中年社会、老年社会，青年社会有的是"热情"，老年社会有的是"从容"。我们正好是中年社会，有的是"务实"，务实不是不好，但若没有从容的生活态度与有情的怀抱，务实到最后正好是"柴米油盐酱醋茶"，牺牲了"书画琴棋诗酒花"。一个彻底务实的人其实是麻木的俗人，一个只知道名利实务的社会，则是僵化的庸俗社会。

在《大珠禅师语录》里记载了禅师与一位讲《华严经》座主的对话，可以让我们看见有情与从容的心是多么重要。

座主问大珠慧海禅师："禅师信无情是佛否？"

大珠回答说："不信。若无情是佛者，活人应不如死人，死驴死狗，亦应胜于活人。经云：'佛身者即法身也。'从戒定慧生，从三明六通生，从一切善法生。若说无情是佛者，大德如今便死，应作佛去。"

这说明禅的心是有情，而不是无知无感的，用到我们实际的人生也是如此。一个有情的人，虽不能如无情者用那么多的时间来经营实利（因为情感是要付出时间的），可是一个人如果随着冷漠的环境而使自己的心也沉滞，则绝对不是人生之福。

人生的幸福在很多时候是得自于看起来无甚意义的事，例如某些对情爱与知友的缅怀，例如有人突然给了我们一杯清茶，例如在小路上突然听见了冰果店里传来一段喜欢的乐曲，例如在书上读到了一首动人的诗歌，例如听见桑间濮上的老妇说了一段充满启示的话语，例如偶然看见一朵酢浆花的开放……总的说来，人生的幸福来自自我心扉的突然洞开，有如在阴云中突然阳光显露，彩虹当空，这些看来平淡无奇的东西，是在一株草中看见了琼楼玉宇，是由于心中有一座有情的宝殿。

"心扉的突然洞开"，是来自从容，来自有情。

生命的整个过程是连续而没有断灭的，因而年纪的增长等于是生活数据的累积，到了中年的人，往往生活就纠结成一团乱麻了。许多人畏惧这样的乱麻，就拿黄金酒色来压制，企图用物质的追求来麻醉精神的僵滞，以至于心灵的安宁和融都展现成为物质的累积。

其实，可以不必如此，如果能有较从容的心情，较有情的胸襟，则能把乱麻的线路抽出、厘清，看清我们是如何失落了青年时代对理想的追求，看清我们是在什么动机里开始物质权位的奔逐，然后想一想：什么是我要的幸福呢？我最初所向往的幸福是什么？我波动的心为何不再震荡了呢？我是怎么样落入现在这个古井呢？

我时常想起台湾光复初期的童年时代，那时社会普遍贫穷，可是大部分人都有丰富的人情，人与人之间充满了关怀，人情义理也不曾被贫苦生活所昧却，乡间小路的"奉茶"正是人情义理最好的象征。记得我的父亲常挂在嘴上的一句话是："人活着，要像个人。"当时我不懂这句话的含义，现在才算比较了解其中的玄机。人即使生活条件只能像动物那样，人也不应该活得如动物，失去人的有情、从容、温柔与尊严。在中国历代的忧患悲苦之中，中国人之所以没有失去特质，实在是来自这个简单的意念："人活着，要像个人！"

人的贫穷不是生活的困顿，而是在贫穷生活中失去人的尊严；人的富有也不是财富的累积，而是在富裕生活里不失去人的有情。人的富有实则是人心灵中某些高贵特质的展现。

家家都有明月清风，失去了明月清风才是最可悲的！

喝过了热乎乎的"奉茶"，我信步走入林间，看到在落叶层缝中有许多美丽的褐色叶片，拾起来一看，原来是褐蝶的双翼因死亡而落失在叶中。看到蝴蝶的翼片与落叶交杂，感觉到蝴蝶结束了一季的生命其实与树叶无异，尘归尘、土归土，有一天都要在世界里随风逝去。

人的身体与蝴蝶的双翼又有什么两样呢？如果在活着的时候不能自由飞翔，展现这片赤诚的身心，让我们成为宇宙众生迈向幸福的阶梯，反而成为庸俗人类物质化的踏板，则人生就失去其意义，空到人间一回了！

下山的时候，我想，让我恒久保有对人间有情的胸怀，以及一直保持对生活从容的步履；让我永远做一个为众生奉茶供水，在热闹中得到清凉的人。

柔软的时光

他抬头看那株崇高的木棉，花已经落尽，枯干似的枝丫互相对举，他感觉到落了花的木棉树像是他送她的一株珊瑚，心在那一刻抽痛起来。多年的情感如同木棉的棉絮，有非常之美，春天一过，它就裂开，四散飘飞，无声落地。

看云

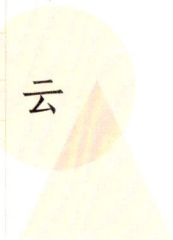

他和她天天上山看云，他觉得能和她一起看云，生命就像山一样庄严和自足。

云是变化万端的，不但形状永不相同，连颜色都时常变幻。但天空飘过的云，有一种景象是常见的，就是两朵反向飘来的云，或同向飘动的云，经过一阵追赶，就合二为一，这时完全分不清它原来是两朵云。还有一种是，一朵云突然分成两朵，而且两朵云分往不同的方向，永不互见。

他把对云的观察告诉她："我们只是天空偶然相遇的云吧！希望我们是前面的那一种。"

正在他说话的时候，天空中相合的那两朵云忽然和许多云结在一起，下起夏季那种狂乱的大雨。他们奔跑回家，天晴朗起来了，天上完全没有了云。

他忘记云有时候也会下起悲切的泪，在泪中消失。

第二年，他们分开了。

云仍然自在天空，相合或别离，但他看云的时候总是痴了。

他是深信植物有情的人。

看到草木的荣枯、花叶的兴谢，他都觉得它们多少在预示着什么。

因此，每一回他遇见一位女孩，就在庭院的一角为她种一株植物。或许种一株敏感的含羞草，或许种一株娇艳的玫瑰，或许种一株长满了刺的仙人掌，有时也种一些不为人知的蕨类，让它们在角落里独自青翠。

每一株植物对他而言都是一座没有文字的碑记，他用清水灌溉的时候，不仅看到了植物的形姿，也看到了人的面容。

有些植物在还没有开花的时候就枯萎了，有些正在晴空下怒放。而他喜欢的人早已离去，这常常使他站在园子里的阳光下，感到一种无边的寒冷。

有一年，他为她在墙角种了一株常青的春藤，因为她虽然不艳丽，却时常令他知道这个世界也有春天。

那株毫不起眼的常春藤，不但活过了明亮的春天，也行过冷寒的冬季，沿着墙爬上他书房的窗口。当他每日开窗的时候，在窗外向他招手。

她离开以后，他的常春藤长得更茂盛了，几乎完全遮住他的房子。但他似乎已经知道，这常春藤也有逝去的一日，或者可能在别地另外生长。

他为了体会到这些，常常失眠地看着那株不眠的青藤。

无声飘落

　　春天的午后，无风，他们沉默地走在笔直的大路上，不时对望一眼，一句话在喉边转动，又随着眼神逃开。

　　路两旁的木棉花红透了，那是一种夕阳将要落下的颜色。他们走到路口等红灯时，两朵硕大鲜红的木棉花突然"啪嗒"一声同时落地，各往两边滚开，然后静止了。他看那两朵鲜红似昔的木棉花，本来长在同一株树上，一起向春天开放，落下时却背对着背。他知道落下的木棉花再美，也很快就会枯萎了。

　　过马路的时候，他小心牵起她的手，感觉到她手里的汗水，他说："在我的故乡，五月的时候，木棉花都结果了，坚硬得像木头一样。六月，它们在空中爆开，棉絮像雪，往四边飞落。我经常在棉花裂开那一刹那，在空中奔跑抓棉絮，不让它落在地上，最后，大部分棉絮还是落在地上……"

说着，他回望她，不知何时她的眼睛竟红了。他捏捏她的手，说："台北的木棉树只开花而不结果，当然没有棉絮，你看过棉絮吗？"她摇头，两串泪急速爬过脸颊，落在地上。他看着地上的泪迹，知道他们是完全不同的两种人，生活在各自不同的世界，从她宁可去做缎带花而不肯陪他看木棉花，他就知道了。他于是在心底真心地祝福着她。

到下一个街口，他站定了，她还在茫然，他说："这是这条路上最美的一株木棉，就在这里送你走吧！"她未曾移步，他抬头看那株崇高的木棉，花已经落尽，枯干似的枝丫互相对举。他感觉到落了花的木棉树像是他送她的一株珊瑚，心在那一刻抽痛起来。多年的情感如同木棉的棉絮，有非常之美，春天一过，它就裂开，四散飘飞，无声落地。

她说："我把你的订婚戒指弄丢了，不能还你。"

他说："没关系，别人送的一定更好。"

她哪里知道，那是他学生时代花一整个暑假在梨山做工赚来的。那时他走完一整条木棉大道才看中那只戒指，虽是纯金，却没有金的灿亮，颜色像是春秋战国时代的青铜。他从来没有对她说过做苦工的事情。他想，永远也不会说出口了吧！

她说："相信我，你是我见过最好的人，再也不会有人像你这样爱我了……"她的泪又流下。他笑笑，伸手为她拦车，直到看见她在街的远处消失，才忍不住鼻酸，往来路走回家。

回到第一个街口，看到原先两朵落下而背对的木棉花还在，他默默地捡拾起来，将两朵花套在一起，回家时放在桌上。那一夜，他什么事也不做，就看着木棉一分一分地萎落。

晨曦从窗外流进来的时候，木棉花已经完全枯萎了，他想起这两朵木棉花如果在南方的故乡，会长成棉果，再四边飘飞棉絮；如果遇到肥沃的土地，会生长出新的木棉树，这些，她永远不会懂。他眼前突然浮现她最后流泪的样子，这是多年来第一次看她流泪，他最初的爱仿佛随她的泪落在地上。他这才知道，她的泪原是一种结局，像春末萎落的木棉花。

一九八三年八月三日

　　他们顺着红砖道散步，不知道为什么，从木棉花刚开尽的枝丫间，就望到了满天的星星。在有伴的时候，星星显得格外明亮和美。

　　他们常常这样做着冗长的散步，为的是不分开，但平常他们很少像今天那样看到满天的星，像是看到满天的心事。

　　走了一段路后，天空下起雨来，愈下愈大，他们只好走到廊下，眼睁睁看着星星在天空中隐去，只剩下墨的色渍。

　　她感伤地说："呀! 星星完全没有了!"

　　他安慰她："星星不是没有了，它只是暂时看不到罢了。

雨下得再大，星星还是永远在它天空的位置上。”

　　雨停之后，他们继续散步，虽然沉默不语，但仿佛还看见墨夜里的星星。他知道，那时星星不在天空，而在心里。他一侧头，看到巷子墙头一只黑猫，眼中射出晶蓝而诡秘的星光。

　　她从他身旁离去以后，他常独自在夜路散步。虽也看见星星，也知道星星永远在天空的位置上，但总没有她在的时候那么美丽、那么确定。

　　星星完全没有了，他喃喃地自语，却找不到可以安慰自己的话。

柔软的时光

苦瓜特选

　　她离去那一年，他不知道为什么自己开始喜欢吃苦瓜。那时他的母亲在后园里栽种了几棵苦瓜，苦瓜累累地垂吊在竹棚子下面，经过阳光照射，翠玉一样的外表就透明了起来。清晨阳光斜照的时候，几乎可以看见苦瓜内部深红的期待成熟的种子。

　　他从未对母亲谈过自己情感的失落，原因或许是他一向认为，像母亲经过媒妁之言嫁给父亲那一代的女子，永远也不能体会感情的奥妙。

　　母亲自然从未问起他的情感，只是以宽容的慈爱的眼睛默默地注视沉默的他。他每天自己到园子里挑一根苦瓜，总是看见母亲在园子里浇水除草，一言不发的，有时微笑地抬头看他。

他摘了苦瓜转进厨房，清洗以后，就用薄刀将苦瓜切成一片一片，晶明剔透。调一盘蒜泥酱油，添了一碗母亲刚熬好还热在灶上的稀饭，细细咀嚼苦瓜的滋味。

生的苦瓜冰凉爽脆，初食的时候像梨子一般，慢慢地，就生出一种苦味来，那苦味在吞咽的时候，又反生出特别的甜味。这生食苦瓜的方法，他幼年即得到母亲的调教，只是他并未得到母亲挑选苦瓜的真传，总觉得自己挑选的苦瓜不够苦，没有滋味。

有一日，他挑了一根苦瓜正要转出后园，看见母亲提着箩筐要摘苦瓜送到市场去卖，母亲唤住他说："你挑的苦瓜给我看看。"

他把手里的苦瓜交给母亲。

母亲微笑着从箩筐里取出一根苦瓜，与他的苦瓜平放在一起，问说："你看这两根苦瓜有什么不同？"

他仔细端详两根苦瓜，却分不出它们有什么差异。母亲告诉他，好的苦瓜并不是那种洁白透明的，而是带着一种深深的绿色；好的苦瓜表皮上的凹凸是明显的，不是那种平坦光滑的；好的苦瓜不必巨大，而是小而结实的。然后，母亲以一种宽容的声音对他说："原来你天天吃苦瓜，并不知道如何挑选苦瓜。就像你这些日子受着失恋的煎熬，以为是人世里最苦的，那是因为你不知道还有比失恋更苦的东西。世界上没有不苦的苦瓜，就像没有不苦的恋爱，最好的苦瓜总是最苦的，但却在最苦的时候回转出一种清凉的甘味。"

他默默听着，不知道如何回答母亲。

母亲指着他们的苦瓜园说："在这么大的园子里，怎么能知道哪些苦瓜是最好的，是在苦里还有甘香的？如果没有经过几十年的磨炼就无法分辨。生命也正是这样的，没有人天生会分辨苦瓜的甘苦，也没有人天生就能从失败的恋爱里得到启示。我们不吃过坏的苦瓜，就不知道好的是什么滋味。我们不在情感里失败，就不太容易在人生里成功。"

他没想到母亲猜中了他的心事，低下头来，看到母亲箩筐边的纸箱上写了"苦瓜特选"四个字。母亲牵起他的手，换过一根精选的苦瓜，说："你吃吃这个，看看有什么不同？"

他坐在红木小饭桌边，吃着母亲为他挑选的那粒苦瓜，细细地品味，并且咀嚼母亲方才对他说的话，才真正知道了上好的苦瓜，原来在最苦的时候有一股清淡的香气从浓苦中穿透出来。正如上好的茶、上好的咖啡、上好的酒，在舌尖是苦的，到了喉咙时，才完全区别出来有一种持久的芳香。

望穿明亮的窗户，看到后园中累累的苦瓜，他在心中暗暗想着："如果情感真像苦瓜一般，必然有苦的成分，自己总要学习如何在满园的苦瓜里找到一根最好的、最能回甘的苦瓜。"

　　然后他看到母亲从苦瓜园里穿出的背影，转头对他微笑。他才知道母亲对情感的智慧，原来不是来自想象，而是来自生活。

一九八四年十月十一日

柔软的时光

那些岁月虽在我们的流年中消逝，但借着非常非常微小的事物，往往一勾就是一大片。仿佛是草原里的小红花，先是看到了那朵红花，然后发现了一整片大草原，红花可能凋落，而草原却成为一个大的背景，我们就在那背景里成长起来。

马蹄兰的告别

我在乡下度假，和几位可爱的小朋友在莺歌的尖山上放风筝。初春的东风吹得太猛，系在强韧钓鱼线上的风筝突然挣断了它的束缚，往更远的西边的山头飞去。它一直往高处往远处飞，飞离了我们痴望的视线。

那时已是黄昏，天边有多彩的云霞。那一只有各种色彩的蝴蝶风筝，在我们渺茫的视线里，恍惚飞进了彩霞之中。

"林大哥，那只风筝会飞到哪里呢？"小朋友问我。

"我不知道，你们以为它会飞到哪里？"

"我想它是飞到大海里了，因为大海最远。"一位小朋友说。

"不是，它一定飞到一朵最大的花里了，因为它是一只蝴蝶嘛！"另一位说。

"不是不是，它会飞到太空，然后在无始无终的太空里，永不消失，永不坠落。"最后一位说。

然后我们就坐在山头上想着那只风筝，直到夕阳都落入群山的怀抱，我们才踏着山路，沿着愈来愈暗的小径，回到我临时的住处。我打开起居室的灯，发现我的桌子上平放着一封从台北打来的电报，上面写着我的一位好友已经过世了，第二天早上将为他举行追思礼拜。我跌坐在宽大的座椅上出神，落地窗外已经几乎全黑了，只能模糊地看到远方迷离的山头。

那一只我刚刚放着，飞走的风筝以及小朋友讨论风筝去处的言语像小灯一样，在我的心头一闪一闪，它是飞到大海里了，因为大海最远；它一定飞到最大的一朵花里了，因为它是一只蝴蝶嘛；或者它会飞到太空里，永不消失，永不坠落。于是我把电报小心地折好，放进上衣的口袋里。

朋友生前是一个沉默的人，他的消失也采取了沉默的方式，他事先一点也没有消失的预象，在夜里读着一册书，扭熄了床头的小灯，就再也不醒了。好像是胡适说过："宁鸣而死，不默而生。"但他采取的是另一条路：宁默而死，不鸣而生。因为他是那样沉默，更让我感觉到他在春天里离去的忧伤。

夜里，我躺在床上读斯坦贝克的小说《伊甸之东》，书里讨论的是旧约里的一个章节。该隐杀死了他的兄弟亚伯，他背着忧伤见到了上帝，上帝对他说："罪就伏在门前。它必恋慕你，你却要制伏它。"你可以制伏，可是你不一定能制伏，因为伊甸园里，不一定全是纯美的世界。

我一夜未睡。

天刚亮的时候，我就起身了，开车去参加朋友的告别式。春天的早晨真是美丽的，微风从很远的地方飘送过来，我踩紧油门，让汽车穿在风里发出嗖嗖的声音。两边的路灯急速地往后退去，荷锄的农人正要下田，去耕耘他们的土地。

路过三峡，我远远地看见一个水池里开了一片又大又白的花，那些花笔直地从地里伸张出来，强烈地吸引了我。我把车子停下来，沿着种满水稻的田埂往田中的花走去，那些白花种在翠绿的稻田里，好像一则美丽的传说，让人有一种说不出的落寞心情。

站在那一亩花田里，我不知道那是什么花，雪白的花瓣只有一瓣，围成一个弧形，花心只是一根鹅黄色的蕊，从茎的中心伸出来。它的叶子是透明的翠绿，上面还停着一些尚未蒸发的露珠，美得触目惊心。

正在出神之际，来了一位农人，他到花田中剪花，准备去赶清晨的早市。我问他那是什么花？农人说是"马蹄兰"。仔细看，它们正像是奔波在尘世里"嗒嗒"的马蹄，可是它不真是马蹄，也没有回音。

"这花可以开多久？"我问农人。

"如果不去剪它，让它开在土地上，可以开个两三星期，如果剪下来，三天就谢了。"

"怎么差别那么大？"

"因为它是草茎的，而且长在水里，长在水里的植物一剪枝，活的时间都是很短的。人也是一样，不得其志就活不长了。"

农人和我蹲在花田谈了半天，一直到天完全亮了。我要向他买一束马蹄兰。他说："我送给你吧！难得有人开车经过，特别停下来看我的花田。"

我抱着一大把马蹄兰，它刚剪下来的茎还有着生命的水珠，可是我知道，它的生命已经大部分被剪断了。它愈是显得那么娇艳清新，我的心愈是往下沉落。

朋友的告别式非常庄严隆重，到处摆满大大小小的白菊花，仍是沉默。我把一束马蹄兰轻轻放在遗照下面，就告别出来了。马蹄兰的幽静无语使我想起一段古话："旋岚偃岳而常静，江河竞注而不流，野马飘鼓而不动，日月历天而不周。"而生命呢？在沉静中却慢慢地往远处走去。它有时飞得不见踪影，像一只鼓风而去的风筝，有时又默默地被裁剪，像一朵在流着生命汁液的马蹄兰。

朋友，你走远了，我还能听到你的"蹄声"，在孤独的小径里响着。

一九八二年五月八日

武昌街的小调

有时候到重庆南路买书，总会不自觉地到武昌街去走一回。最近发现武昌街大大不同了，尤其在武昌街与沅陵街交口一带，现在热闹得连举步都感到困难。假日的时候要穿过沅陵市场，真是耐力大考验，即使是严冬，也会因人气的蒸腾而冒出满头大汗。

在那么热闹的地域，总觉得缺少着什么，至于少了什么，则一时也想不清楚。有一次下雨，带孩子走过武昌街，正好有摊贩来叫卖小孩的帽子。掏钱买帽子的时候，猛然醒觉起来：这不是周梦蝶的书摊吗？怎么卖起小孩的衣帽鞋袜了？

这时也才知道武昌街上缺乏的，正是诗人周梦蝶。

　　长长的武昌街上，少一个人多一个人是没有什么的，可是少的人是周梦蝶就不同。整个武昌街于是少了味道，风格也改变了。

　　记得旧日周梦蝶在武昌街摆摊的时候，有时过去买两本书，小立一下，和周公闲聊几句。有时什么都不干，只是看剃了光头的诗人，包卷在灰布大袍内盘膝读经书，总觉得有一轮光晕在诗人的头颅以及书摊四周旋舞。最好是阳光斜照的清晨，阳光明媚的色泽映照着剪影一般的诗人消瘦的脊背，背景是花花绿绿的书背，呀呀，那几乎是一幅有音乐的图画了。

　　当时我们的年纪尚小，文学的道路迢遥幽渺，但是就在步行过武昌街的时候，所谓文学就成了一种有琉璃色泽的东西，带领着我们走。十几年前，武昌街就非常非常热闹了，可是总感觉周梦蝶坐的地方，方圆十尺都是十分安静的。所有的人声波浪在穿过他书摊的时候仿佛被滤过，变得又清又轻，在温柔里逸去。我常想，要怎么形容那样的感觉呢？那虽是尘世，周梦蝶却是以坐在高山上的姿势坐在那里；那虽是万蚁奔驰的马路，他的定力却有如在禅房打坐。有时候我觉得他整个人是月光铸成的，在阳光下幽柔而清冷。

　　第一次见到诗人，是高中毕业上台北那一年。那个时候周梦蝶和明星咖啡店都是如文学一样的招牌，许多成名的作家常不约而同在明星咖啡店聚集。明星咖啡店的灯光略显阴暗，木头地板走起来叩叩作响，如果说那样普通的咖啡店有什么吸引人的，就是文学了。因为文学，不管什么时候去，明星咖啡店都透着暖意。

偶尔，周公也会从他路边的摊子到明星咖啡店里面来坐，来谈禅说诗。他的摊子从来不收拾，人就走离了。有初识的朋友担心他的书被偷，他就会猛然咧嘴而笑，说偷书是雅事，何必计较。周梦蝶爱吃甜品，寻常喝咖啡都要加五六匙糖，喝可乐亦然，真不知为什么。有一个朋友说："吃得很甜很甜也是一种修炼。"

我少年时代印象中的周梦蝶，就像是一座掩隐在云雾里的远方的山，他几乎大部分时间是沉默的。有时候和一群朋友去找他谈天，中心人物应该是他。可是回家一想，才觉察到那一天里他说的话还不到三句，他是那样深深的沉默。

那么深的沉默，使周梦蝶的身世如谜，甚至忘失了他原来的名字。只在谈话间慢慢知道，他曾做过图书管理员，结过婚，有过孩子，教过书，也当过兵，而他最近的一个职业是众人皆知的，就是武昌街上一家小小书摊的摆渡者。

我和周梦蝶不能算顶有缘，那是因为他太沉默，我又不是个健谈的人。我结婚的时候，他仍穿着他的灰布大褂，送了我两本书，一本是他亲自校过的诗集《还魂草》，一本是钱锺书的散文《写在人生边上》，还有一幅横披，写着一首诗：手套与爱。从他一丝不苟的字看来，他即使对待普通的晚辈也是细致而用心的。他的字和他的人是一个路数，安静的、没有波动的，比印刷的还要工整。他吃饭和写字一样。他吃饭极慢极慢，有一次朋友忍不住问他："为什么吃饭那样慢？"他的回答是："不这样，就领略不出这一颗米和另一颗米不同的味道。"这话从别的诗人口中说出来不免矫情，但由周梦蝶来说，就自然而令人动容。

打老早，周梦蝶开书摊的时候，他就是很穷的，过着几乎难以想象的清淡生活。其实他可以过得好一点，但他说自己总七早八早就收摊，又常常有事就不卖了，遇到有心向学的青年还舍不得赚钱，宁可送书。最主要的原因，是他卖的书全是经自己的慧眼挑选过的，绝不卖一些乱七八糟的东西。这个态度，使人走到他的书摊有如走入作家的书房，可卖的实在非常有限，自然就没什么利润了。一个有风格的人就是摆个书摊，也还是表现了他的风格。

一九八一年，周梦蝶肠胃不适，住院开刀，武昌街的书摊正式结束，而武昌街的调子也就寿终正寝了。他去开刀住院时仍是沉默的，几乎没有惊动什么，如果不是特别细心的人，恐怕经过武昌街时也不会发现少了一个书摊。对很多人来说，有时天上有月光或无月光是没有什么关系的。

周公原来就清贫，卖书收入菲薄，写诗的速度比吃饭更慢得惊人。总的合起来，他这一生只出版过两本诗集：《孤独国》和《还魂草》（后来《孤独国》挑出一部分与《还魂草》合并，以他的标准，总共只出版了一册），虽说诗风独特，但因为孤高幽深，影响力并不算大。生病了之后，生活陷入困境，一些朋友合起来捐钱给他，总数约有十一万元。病好了以后，他就靠把这十一万元借给朋友之后的每月两千元利息过日子。

如今最穷的学生，每个月的花费也超过两千元，周公的生活更低于这个标准，他过什么样的日子可想而知。不幸的是，向他借钱的朋友做生意失败，把他仅有的十一万元都倒掉了。现在，他一个月连两千元都没有了。朋友当然都替他难过和不平，只有周公盘腿微笑不以为意。他把自己超拔到那样子的境界，有若一棵巨树，得失已如一些枯叶在四旁坠落，又何损于树呢？

周梦蝶自从在武昌街归隐，便潜心于佛经，用心殊深。这两年来有时和年轻人讲经说法，才知道他读经书已有数十年了。他早时的诗句有许多是经书结出来的米粒，想来他写诗如此之慢、如此之艰苦是有道理的。精读佛经的人要使用文字，不免谨慎恐惧起来，周公自不例外。但他近几年来勘破的世界更广大了，朋友传来一幅他的字，写着："一切法，无来处，无去处，无住处，如旋火轮，虽有非实，恨此意知之者少，故举世滔滔，无事自生荆棘者，数恒沙如也。"可知他最近的心情。有了这样的心情，还有什么能困惑着他呢？

记得他说过，算命的人算出他会活到六十岁。他今年已经六十八了，早活过大限，心如何能不定呢？

上个星期，朋友约我们去听周公说法，才想起我们已整整三年没见了。那一天也不能算是说法，是周梦蝶自己解释了一首于一九七六年发表的诗《好雪，片片不落别处》，讲解每一句在经书里的来处，或者每一句说明了经书的哪个意旨，原来句句都有所本，更说明了诗人的苦心。那诗一共有十行，却足足讲了五个小时，每一行说开了几乎都是一本书了。

但我其实不是去听法的，我只是去看诗人。看到了诗人等于看到了武昌街，看到了武昌街等于回到了明星咖啡屋，而回到了明星咖啡屋就是回到了我少年时代的一段岁月。那一段岁月是点火轮不是旋火轮，是真真实实存在过的。当我看到周公仍是周公，大致仍如从前，心里就感到安慰了起来。座间的几个朋友也是少年时代的朋友，十几年就这样匆匆过去了。

当我听到周梦蝶用浓重的口音念出这两段诗：

生于冷养于冷壮于冷而冷于冷的

山有多高，月就有多小

云有多重，愁就有多深

而夕阳，夕阳只有一寸！

有金色臂在你臂上扶持你

有如意足在你足下导引你

憔悴的行人啊！

合起盂与钵吧

且向风之外，幡之外

认取你的脚印吧！

真是深深地感动，人间不正是这样的吗？爬得愈高，月亮就愈小，云更重，愁更深，而那天边巨大的夕阳，也只是短短的一寸，我们还求着什么呢？我们还求着有一天回到武昌街的时候，能看到周梦蝶的书摊吗？这个世界虽大，诗人摆摊子卖书的，恐怕也不多见吧！

向诗人告别的时候，我问起朋友，他现在依靠什么过日子。朋友说，诗人以前拿过枪杆子，是退伍军人，也算荣民，现在每个月可以领五六百元的退休俸，他就靠那五六百元过日子。有时会有一些稿费，但稿费一个月也不超过五六百元。听了令人伤感，对于一位这样好的诗人，我们的社会给了他什么呢？

走在忠孝东路深夜的街巷，台北的细雨绵绵落着，街已经极空了，雨还这样冷，而且一时也没有停的样子。感觉上这种冷有一点北国的气味，我忍不住想起诗人的诗句："冷到这儿就冷到绝顶了""我们都是打这儿冷过来的""这雪的身世，在黑暗里，你只有认得它更清，用另一双眼睛"。

我在空冷的大街站定，抬头望着墨黑的天空，才真正绝望地知道：武昌街的小调已经唱完了。

武昌街的小调已经唱完了，岁月不行不到，愈走愈远。书摊不在，明星已暗，灯火在很早很早以前就已阑珊。

一九八五年三月一日

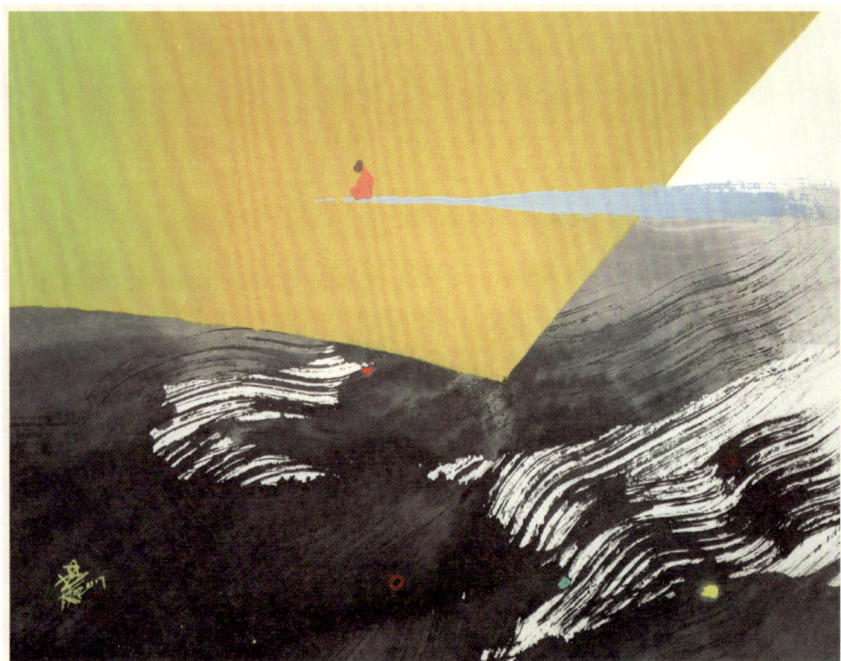

柔软的时光

月光下的喇叭手

　　冬夜寒凉的街心，我遇见一位喇叭手。

　　那时月亮很明，冷冷的月芒斜落在他的身躯上，他的影子诡异地往街边拉长出去。街很空旷，我自街口走去，他从望不见底的街头走来。我们原也会像路人一般擦身而过，可是不知道为什么，那条大街竟被他孤单凉寞的影子紧紧塞满，容不得我们擦身。

　　霎时间，我觉得非常神秘。为什么一个平常人的影子在凌晨时仿佛一张网，塞得街都满了呢？我感到惊奇，不由自主地站定。我定定看着他缓缓步来。他的脚步凌乱颠踬，像是有点醉了，他手中提着的好像是一瓶酒。他一步一步逼近，在清冷的月光中，我看清了，他手中提的原来是一把伸缩喇叭。

我触电般一惊。他手中的伸缩喇叭，造型像极了一条被刺伤而惊怒的眼镜蛇。它的身躯盘卷扭曲，它悲愤的两颊扁平地亢张着，好像随时要吐出"嘶——嘶——"的声音。

喇叭精亮的色泽也颓落成蛇身花纹一般，斑驳的锈黄色的音管有许多伤痕，凹凹扭扭的；缘着喇叭上去是握着喇叭的手，血管纠结；缘着手上去，我便明白地看见了塞满整条街的老人的脸的影子。他两鬓的白在路灯下反射成点点星光。他穿着一身宝蓝色绲（绲边：一种缝纫方法，也作"滚边"。）白边的制服，大盘帽缩皱地贴在他的头上，帽徽是一只振翅欲飞的老鹰——他真像一个刚打完仗的兵士，曳着一把流过许多血的军刀。

突然传来一阵汽车喇叭的声音。

汽车从我的背后驶来，强猛的光使老人不得不举起喇叭护住眼睛。他放下喇叭时才看见站在路边的我，从干扁的唇边迸出一丝善意的笑。

在凌晨的夜的小街，我们便那样相逢。

老人吐着冲天的酒气告诉我，他今天下午送完葬分到两百元，忍不住跑到小摊去灌了几瓶老酒。他说："几天没喝酒，骨头都软了。"他翻来翻去在裤袋中找到一张百元大钞，"再去喝两杯，老弟！"他的话语中有一种神奇的口令似的魔力。我为了争取请那一场酒，费了很大的力气。最后，老人粗声地欣然答应："就这么说定，俺陪你喝两杯，俺吹首歌送你。"

我们走了很长的黑夜的道路，才找到隐没在街角的小摊。他把喇叭倒盖在满是油污的桌子上。肥胖浑圆的店主人操一口广东口音，与老人的清瘦形成很强烈的对比。

老人豪气地说："广东、山东，俺们是半个老乡哩。"

店主惊奇地笑问，老人说："都有个'东'字哩！"

我在六十烛光（烛光：电灯泡的功率单位，即"瓦"。）的灯泡下笔直地注视着老人。不知道为什么，竟在他平整的双眉中跳脱出来的几根特别灰白的长眉毛上，看出了一点忧郁。

十余年来，老人走上送葬的行列，用骊歌为永眠的人铺一条通往未知的道路。他用的是同一把伸缩喇叭，喇叭凹了、锈了，而在喇叭的凹锈中，不知道有多少生命被吹送了出去。老人诉说着不同的种种送葬仪式。他说到在披麻衣的人群里，人与人竟会有完全不同的情绪时，不觉仰天笑了："人到底免不了一死，喇叭一响，英雄豪杰都一样。"

我告诉老人，在我们乡下，送葬的喇叭手人称"罗汉脚"，他们时常蹲聚在榕树下嗑牙，等待人死的讯息。老人点点头："能抓住罗汉的脚也不错。"然后老人感叹地认为，在中国，送葬是一式一样的，大部分人一辈子没有听过音乐演奏会，一直到死时才赢得一生努力的荣光，听一场音乐会。

"有一天我也会死，我可是听多了。"

借着几分酒意，我和老人谈起了他漂泊的过去。

老人出生在山东的一个小县城里，家里有一片望不到边的大豆田。他年幼时便在大豆田中放风筝、捉田鼠。春风吹来时，看田边绽放出嫩油油的黄色小野花，天永远蓝得透明。风雪来时，他们围在温暖的小火炉边取暖，听着戴毡帽的老祖父一遍又一遍说着永无休止的故事。他的童年里有故事，有风声，有雪景，有贴在门楣上迎接新年的红纸，有数不完的在三合屋围成的庭院中追逐的笑语……

"廿四岁那年，俺从田里劳作回家，看到一部军用卡车停在路边，两个中年汉子把我抓到车上。俺连锄头都来不及放下，害怕地哭着，车子往不知名的路上开走……他奶奶的！"老人从车子的小窗中看着故乡远去，远远地去了。那部车丢下他的童年，他的大豆田，还有他老祖父终于休止的故事。下了车，竟是一片大漠黄沙。他的眼泪落在车板上，四周的人漠然地看着他，一直到他的眼泪流干。

他辗转到了海岛。天仍是蓝的，稻子从绿油油的茎中吐出，和他故乡的嫩黄野花一样的金黄。他穿上戎装，荷枪东奔西走，找不到落脚的地方。"俺是想着故乡的啦！"渐渐地，他连故乡都不敢想了，有时梦里活蹦乱跳到了故乡，他正在房间里要掀开新娘的盖头，锣声响鼓声闹。"俺以为这回一定是真的，睁开眼睛还是假的，常常流一身冷汗。"

老人的故乡在酒杯里转来转去。他端起杯来一口饮尽一杯高粱酒。三十几年过去了，"俺的儿子说不定娶媳妇了"。老人走的时候，他的妻正怀着六个月的身孕，烧好晚餐倚在门上等待他回家，他连一声再见都来不及对她说。老人酗酒的习惯便是在想念他的妻到不能自拔的时候养成的。三十年的戎马真是倥偬，故乡在枪眼中成为一个名词，那个名词简单，简单到没有任何一本书能说完。老人的书才掀开一页，一转身，书不见了，到处都是烽烟，泪眼苍茫。

当我告诉老人我们是同乡时，他几乎泼翻凑在嘴边的酒汁，发疯一般地抓紧我的手，问到故乡的种种情状。

"我连大豆田都没有看过。"

老人松开手，长叹一声，因为醉酒，眼都红了。

"故乡真不是好东西，看过也发愁，没看过也发愁。"

"故乡是好东西，发愁不是好东西。"我说。

退伍的时候，老人想要找一个工作。他识不得字，只好到处打零工。有一个朋友告诉他："去吹喇叭吧，很轻松，每天都有人死。"他于是每天拿着喇叭在乐队里装个样子，装着装着，竟也会吹起一些离别伤愁的曲子了。在连续不断的骊歌里，老人颤抖的乡愁反而消磨殆尽了。每天陪不同的人走进墓地，究竟是什么样一种滋味？老人说是酒的滋味，醉酒吐了一地的滋味。

我不敢想。

我们都有些醉了，老人一路上吹着他的喇叭回家。那是凌晨三点至静的台北，偶尔有一辆疾驶的汽车"呼呼"驰过。老人吹奏的骊歌变得特别悠长凄楚，喇叭"哇哇"的长音在空中流荡，流向一些不知道的虚空。声音在这时是多么无力，很快被四面八方的夜风吹散。总有一丝要流到故乡去的吧！我想着。

我向老人借过伸缩喇叭，也学他高高地把头仰起，用喇叭吹出一首正在年轻人中间流行的曲子——

我们隔着迢遥的山河

去看望祖国的土地

你用你的足迹

我用我游子的乡愁

你对我说

古老的中国没有乡愁

乡愁是给没有家的人

少年的中国也没有乡愁

乡愁是给不回家的人

老人非常喜欢这首曲子，然后他便在我们步行回他万华住处的路上，用心地学着曲子。他的音对了，可是不是吹得太急，就是吹得太缓。我一句一句跟他解释了这首歌。这歌，竟好像是为我和老人写的。他听得出神，使我分不清他的足迹和我的乡愁。老人专注地吹曲子，一次比一次温柔，充满感情。他的腮鼓动着，像一只老鸟在巢中无助地鼓动翅翼，声调却正像一首骊歌。他停下的时候，眼里赫然都是泪水，他说："用力太猛了，太猛了。"然后靠在我的肩上"呜呜"地哭起来。我却在老人的哭声中听到了大豆田上"呼呼"的风声。

我已忘记我们后来是怎么走到老人的家门口的。他站直立正，万分慎重地对我说："我再吹一次这首歌，你唱，唱完了，我们就回家。"

唱到"古老的中国没有乡愁，乡愁是给没有家的人"的时候，我的声音喑哑了，再也唱不下去了。我们站在老人的家门口，竟像没有家一样，唱着骊歌，愈唱愈遥远。

我们是真的喝醉了，醉到连想故乡都要掉泪。

老人的心中永远记得他掀开盖头时新娘的面容，而那新娘已是个鬓发飞霜的老太婆了。时光在一次一次的骊歌中走去，冷然无情地走去。

告别老人，我无助软弱地步行回家。我的酒这时全醒了，脑中充塞着中国近代史一页沧桑的伤口，老人是那个伤口凝结成的疤。他像吃剩的葡萄藤，无助地掉落在万华的一条巷子里。他永远也说不清大豆和历史的关系，他永远也不知道老祖父的骊歌是哪一个乐团吹奏的。

故乡真的远了。

故乡真的远了吗？

我一直在夜里走到天亮。我看到一轮金光乱射的太阳从两幢大楼的夹缝中向天空蹦跃出来，有一群老人穿着雪白的运动衫，在路的一边做早操。到处是从黎明起开始蠕动的姿势，到处是人们开门拉窗的声音。阳光射进每一个窗子。

不知道为什么，我老是惦记着老人和他的喇叭。分手以后我再也没有见过他。每次在街上遇到送葬的行列，我总是寻找着老人的面影；每次在凌晨的夜里步行，老人的脸与泪便毫不留情地占据我；最坏的是，我醉酒的时候，总要唱起——

我们隔着遥远的山河

去看望祖国的土地

你用你的足迹
我用我游子的乡愁
你对我说
古老的中国没有乡愁
乡愁是给没有家的人
少年的中国也没有乡愁
乡愁是给不回家的人

　　然后我知道，可能这一生再也看不到老人了。但是他被卡车
载走以后的一段历史，却成为我生命的刺青，一针一针地刺出我
的血珠来。他的生命是凹凹扭扭的伸缩喇叭的最后一个长音。

　　在冬夜寒凉的街心，我遇见一位喇叭手。春天来了，他还
是站在那个寒冷的街心，孤零零地站着，没有形状，却充满了
整条街。

散步去吃猪眼睛

我们有很好的兴致在乡道上散步，会停下来看光辉的月亮，会充满喜乐地辨认北极星的方位。我们觉得人生的一切真是美好，连聒噪的蛙鸣都好听。

不久前，我在家附近的路上散步，发现一条转来转去的小巷尽头新开了一家灯火微明的小摊。

那对摊主夫妇，就像我们在任何巷子的任何小摊上见到的主人一样，中年人，发福的身躯，满满的善意的微笑堆在胖盈盈的脸上，热情地招呼着往来过路的客人。

摊子上卖的食物也极平常，米粉汤、臭豆腐、担仔面、海带、卤蛋、猪头皮，甚至还有红露酒，以及米酒加保力达P，总之是那种随时随地可以小吃细酌的地方。

我坐下来，叫了一些小菜，一杯酒，才发现这个小摊子上还卖猪眼睛、猪肺、猪肝连。这三样东西让我很震惊，因为它们关联着我童年的一段记忆。

我便就着四十烛光的小灯，喝着米酒，吃着那几种平凡而卑微的小菜，想起小菜内埋藏的辛酸滋味。

童年的时候，家住在偏远的乡下，离家不远处有一个小小的市场，市场口不知道什么时候，就成了个去吃点心夜宵的摊子。

哥哥和我经常到市场口夫玩，去看热闹，去看那些蹲踞在长条板凳上吃夜宵的乡人。我们总是咽着口水，站在远远的地方看着。对于经常吃番薯拌饭的乡下穷孩子，吃夜宵仿佛是一个相当遥远的梦想。有时候站得太近了，哥哥总会紧紧拉着我的手匆匆从市场口离开。

后来，哥哥想了一个办法，每到假日就携着我的手，到家后面的小溪摸蛤。那条宁静轻浅的小溪生产着数量丰富的蛤仔、泥鳅和鱼虾。我们找来一个旧畚箕，溯着溪流而上，一段一段地清理溪中的蛤仔，常常忙到太阳西下，能摸到几斤重的蛤仔。我们把蛤仔批售给在市场里摆海鲜摊位的蚵仔伯，换来一些零散的角子。我们瞒着爸妈，把那些钱全存在锯空的竹筒里。

秋天的时候，我们就爬到山上去捡蝉壳。透明的蝉壳黏挂在野生的相思树上，有时候挂得真像初生不久的葡萄。有时候我们也抓蜈蚣、蛤蟆，全部集中起来卖给街市里的中药铺。据说蝉壳、蜈蚣、蛤蟆都可以用来做中药治皮肤病。

有时我们跑到更远的地方，去捡到处散置的破铜烂铁，以一斤五毛钱的价格卖给收旧货的摊子。

春天是我们收入最主盛的时间。稻禾初长的时候，我们沿着田沟插竹枝。竹子上用钓钩钩住小青蛙，第二天清晨就去收那些被钩在竹枝上的田蛙，然后提到市场去叫卖。稻子长成收割了，我们则和一群孩童到稻田中拾穗。那些被农人遗落在田里的稻穗，是任何人都可以去捡拾的，还有专门收购这些稻穗的人。

甘蔗收成完了，我们就到蔗田捕田鼠，把田鼠卖给煮野味的小店，或者是灌香肠的贩子。后来我们有了一点钱，哥哥带我去买了一张捕雀子的网，就挂在稻田的旁边，捕捉进网的小麻雀，运气好的话还可以捉到野斑鸠或失群的鸽子。

我们那些一点一滴的收入全变成角子，偷偷地放置在我们共有的竹筒里。竹筒的钱愈积愈多，我们时常摇动竹筒，听着银钱在里面喧哗的响声，高兴得夜里都难以入眠。

哥哥终于做了一个重大决定，说："我们到市场口去吃夜宵。"

我们商量了一阵，把日期定在布袋戏《大侠一江山》到市场口公演的那一天。日子到的时候，我们破开竹筒，铜板们像不能控制的潮水般"哗啦啦"散了一地，我们差一点高声欢呼起来。哥哥捧着一堆铜板告诉我："这些钱我们可以吃很多夜宵了。"

我们各揣了一口袋的铜板到市场口，决定好好大吃一顿。我们挤在人丛里看《大侠一江山》，心却早就飞到卖小吃的地方了。

戏演完了，我们学着乡下人的样子，把两只脚踩蹲在长条板凳上，各叫一碗米粉汤，然后就不知道要吃什么才好了，又舍不得花钱。憋了很久，哥哥才颤颤地问："什么肉最便宜？"

胖胖的老板娘说："猪眼睛、猪肺、猪肝连都很便宜！"

"各来两块钱吧！"我和哥哥异口同声地说。

那天夜里我们吹着口哨回家。我们终于吃过夜宵了，虽然那要花掉我们一个月辛苦工作的所得的成果。猪眼睛、猪肺、猪肝连都是一般人不吃的东西，我们却觉得是说不出的美味。那种滋味恐怕也说不清楚，大概是因为我们吃着的是自己用血汗钱换来的吧！

后来，我们每当工作了一段时间，哥哥就会说："我们去吃猪眼睛吧！"

我们就携着手，走出家门前幽长的巷子。我们有很好的兴致在乡道上散步，会停下来看光辉闪照的月亮，会充满喜乐地辨认北极星的方位。我们觉得人生的一切真是美好，连聒噪的蛙鸣都好听——没有特别的原因，只是因为我们要散步去吃猪眼睛。

有一次我们存了一点钱，就想到戏院里看正在上映的电影。看电影对我们而言也是一种奢侈，平常我们都是去捡戏尾仔，或者在戏院门口央求大人带我们进去。这一次，我们终于可以用自己赚来的钱去看电影了。

到了电影院门口，我们才知道看一场电影竟要一块半，而我们身上只有两块钱。

哥哥买了一张票，说："你进去看吧，我在外面等你。你出来后再告诉我演些什么。"

我说："哥，还是你进去看，你脑子好，出来再说故事给我听。"

两人争执半天，我拗不过哥哥，进去了。那场电影是日本电影《黄金孔雀城》，那是个热闹的电影，可是我怎么也看不下去，只是惦记着坐在戏院外面台阶上的哥哥，想到为什么我们不能一起坐着看电影呢？

电影没看完我就跑出来了。看到哥哥冷清的背影，他支着肘不知在想什么事情。戏院外不知何时下起细雨来的，雨丝飘飘，淋在哥哥理光的头颅上。

"戏演完了？"哥哥看到我的时候说。

我摇摇头。

"这个戏怎么这样短，别人为什么都没有出来？

我又摇摇头。

"演些什么？好不好看？"

我忍着泪，再摇摇头。

"你怎么搞的？戏到底演些什么？"哥哥着急地询问着。

"哥哥……"我忍不住号啕大哭起来，一句话也说不清楚。

我们就相拥着在戏院门口的微雨中哭泣起来。哭了半天，哥哥说："下次不要再花钱看电影了，还是去吃猪眼睛好。"

我们就在雨里散步走回家。路过市场口，都禁不住停下来看着那个卖猪眼睛的摊子。

经过这么多年，我完全记不得第一次自己花钱看的电影演些什么了。然而哥哥穿着小学的卡其色制服的样子，理得光光的头颅，淋着雨冷清清的背影，我却永不能忘，愈是冲刷愈有光泽。

自从发现住家附近有了卖猪眼睛的摊子，我就时常带着妻子去吃猪眼睛，并和她一起回忆我那虽然辛苦却色泽丰富的童年。我们时常无言地散步，沿着幽暗的巷子走到尽头去吃猪眼睛，仿佛一口口吃着自己的童年。

每当我工作辛苦，感到无法排遣的时候，就在散步去吃猪眼睛的路上。我会想起在溪流中，在山林上，在稻田里的那些最初的劳动，并且想起我敬爱的哥哥，在童年时代坐在戏院门口等我的背影。这些旧事使我充满了力量，使我觉得人生大致还是美好的，即使是猪眼睛也有说不出的美味。

柔软的时光

花市排出了一长排的报岁兰，一小部分正在盛开，大部分是结着花苞，等待年风一吹，同时开放。

报岁兰有一种极特别的香气，那香轻轻细细的，但能在空气中流荡很久，所以在乡下有一个比较土的名字"香水兰"。因为它总是在过年的时候开，又叫作"年兰"。在乡下，"年兰"和"年柑"一样，是家家都有的。

童年时代，每到过年，我们祖宅的大厅里，总会摆几盆报岁兰和水仙。浅黄浅红的报岁兰和鲜嫩鲜白的水仙，一旦贴上红色对联，就成为一个色彩丰富的年景了。

乡下四合院，正厅就是祖厅，日日都要焚烧香烛，檀香的气息和报岁兰、水仙的香味混合着，就成为一种格外馨香的味道，让人沉醉。我如今想起祖厅，仿佛马上就闻到那个味道，鲜新如昔。

　　我们家的报岁兰和水仙花都是父亲亲手培植的，父亲虽是乡下平凡的农夫，但他对种植作物似乎有特殊的天生才能，只要是他想种的作物，少有长不成功的。父亲在世的时候，我们家的农田经营非常多元。他种了稻子、甘蔗、香蕉、竹子、槟榔、椰子、莲雾、橘子、柠檬、番薯，乃至于青菜。中年以后，他还开辟了一个占地达四百公顷的林场，对于作物的习性可以说了如指掌。

　　我小学六年级的时候，父亲不知从哪里知道了种花可以赚钱，在我们家后院开建了一个广大的花园，努力地培育两种花，一种是兰花，一种是玫瑰花。那时父亲对花卉的热爱到了着迷的程度，经常看花卉的书籍到深夜，自己研究花的配种。有一年他种出了一种"黑色玫瑰"，非常兴奋，那玫瑰虽不是纯黑色，但它如深紫色的绒布，接近于黑的程度。

　　对于兰花，他的心得更多。我们家种兰花的竹架占地两百多坪，一盆盆兰花吊在竹架上，父亲每天下田前和下田后都待在他的兰花园里。田地收成后的余暇，他就带着一把小铲子独自到深山去，找寻那些野生的兰花，偶有收获，总是欢喜若狂。

在爱花种花方面，我们兄弟都深受父亲的影响，是由于我们从幼年开始，就常随父亲在花园中整理花圃的缘故。但是在记忆里，父亲从未因种花而得什么利润，倒是把兰花的幼根时常送给朋友，或者用野生兰花和朋友交换品种。我们家的报岁兰，就是他和朋友交换得来的。

父亲生前最喜欢的兰花有三种，一是报岁兰，一是素心兰，一是羊角兰。他种了不少名贵的兰花，为何独爱这三种兰花呢？记得有一次他对我说："有很多兰花很鲜艳很美，可是看久了就俗气；有一些兰花是因为少而名贵，其实没什么特色；像报岁、素心、羊角虽然颜色单纯，算是普通的兰花，可是它们朴素，带一点喜气，是兰花里最亲切的。"

父亲的意思仿佛是说：朴素、喜乐、亲切是人生里最可贵的特质，这些特质也是在他在人生里经常表现出来的特色。

我对报岁兰的喜爱就是那时种下的。

父亲种花的动机原是为增加收入，后来却成为他最重要的消遣。父亲没有什么特别的嗜好，只是喜欢喝茶、种花、养狗，这三种嗜好一直维持到晚年。他住院的前几天还是照常去公园喝老人茶，到花圃去巡视。

中学的时候，我们家搬到新家，新家是在热闹的街上，既没有前庭，也没有后院，父亲却在四楼顶楼搭了竹架，继续种花。

我最记得搬家的那几天，父亲不让工人动他的花，他亲自把花放在两轮板车上，一趟一趟拉到新家。因为他担心工人一个不小心，会把他钟爱的花折坏了。

搬家以后，父亲的生活步调并没有改变，他还是每天骑他的老爷脚踏车到田里去，每天晨昏则在屋顶平台上整理他的花圃。虽然阳台缺少地气，父亲的花卉还是种得非常美，尤其是报岁兰，一年一年的开。

报岁兰要开的那一段时间，差不多是学校里放寒假的时候。我从小就在外求学，只有寒暑假才有时间回乡陪伴父亲。报岁兰要开的那一段日子，我几乎早晚都陪父亲整理花园，有时父子忙了半天也没说什么话，父亲会突然冒出一句："唉！报岁兰又要开了，时间真是快呀！"父亲是生性乐观的人，他极少在谈话里用感叹号，所以我每听到这种话就感慨极深，好像触动了时间的某一个枢纽，使人对成长感到一种警觉。

报岁兰真是准时的一种花，好像不过年它就不开，而它一开就是一年已经过去了。新年过不久，报岁兰又在时间中凋落，这样的花，它的生命好像只有一个特定的任务，就是告诉你："年到了，时间真是快呀！"人的一生中，无常还不是那么迫人的，可是像报岁兰，一年的开放就是一个鲜明的无常。虽然它带着朴素的颜色、喜乐的气息、亲切的花香同时来到，在过完新年的时候，还是掩不住它的惆怅。

就像父亲，他的音容笑貌时时从我的心里映现出来，我在远地想起他的时候，这种映现一如他生前的样子，可是他已经不在这个世上了。我知道，我忆念的父亲的容颜虽然相同，其实忆念的本身已经不同了。就如同老的报岁兰凋谢，新的开起，样子、香味、颜色没什么不同，其实中间已经过了整整的一年。

偶然路过花市，看到报岁兰，想到父亲种植的报岁兰，今年那些兰花一样的开，还是要摆在贴了红色春联的祖厅。唯一不同的是，祖厅的神案上多了父亲的牌位，墙上多了父亲的遗照，我们失去了最敬爱的父亲。这样想时，报岁兰的颜色与香味中都带着一种悲切的气息：唉！报岁兰又要开了，时间真是快呀！

一九八六年二月七日

家有香椿树

我在市场里看到有人卖香椿，一大把十元，简直有点欣喜若狂，立刻买了三把回家。当天晚上就做了香椿拌面、香椿炒蛋、炸香椿，吃的时候自己都觉得好笑，感觉自己就像得了相思病，不，是"香椿病"。

说起香椿，它给人的味觉是很难形容的。它的香气强烈而细致，与一般的香菜，像芫荽、芹菜、紫苏大为不同，食之风动，令人心醉。香椿与一般香菜更不同的是，一般香菜多为草本，香椿树却是乔木，可以长到三四丈高。如果家里种有一棵香椿树，一年四季就都有香椿可吃。

我对香椿的感情是从小就培养出来的。我们以前在山上的家，屋后就有几棵极高大的香椿树。树干笔直，羽状复叶，树形和树叶都非常优雅，是非常美的树木。

我的父亲独沽一味，非常喜欢香椿的气味。他白天出去耕作，黄昏回来的时候，就会随手摘一些香椿的嫩叶回家，但是母亲偏偏不喜欢香椿的味道，所以父亲时常要自己动手。他把香椿叶剁碎，拌面或拌饭，加一点油、一点酱油，就是人间至极的美味。

最简单的做法，是把香椿剁碎了放在酱油里，不管蘸什么东西吃，那食物立刻布满了香椿的强烈的气息。

次简单的做法，是用香椿叶来炒蛋，美味远非菜脯蛋、洋葱蛋可比。或者是用蛋和面粉裹香椿叶下去油炸，炸得酥黄香脆，可以当饼干吃。或者，以香椿拌豆腐。

还有复杂一点的，就是以香椿叶子包饺子、包子、粽子，香气宜人。

我受了父亲的调教，自小就嗜食香椿，有香椿叶子，几乎什么东西都吃得下了。而香椿树那种独一无二的气味，也陪伴了我的童年。那高大的香椿树每到初夏，就会开出一簇簇的小白花，整个天空就会弥漫着一种清香。然后，结果了，果熟裂开了，香椿树带着小翅膀的种子就会随风飞到远方。

有时候在林间会发现新长出的香椿树，那时，我就知道有一颗香椿树的种子曾落在这里。香椿树的幼苗和嫩叶一样，刚生长的时候是红色的，慢慢转为橙色，最后变成翠绿色。爸爸常说："香椿如果变成绿色就不好吃了。"因为绿色的香椿树纤维太粗，气味太烈了。

有时候，我路过山道，看到小香椿树，就会摘一片叶子来闻，然后放在嘴里细细地咀嚼，感觉到香椿树特别的香甘清美，真不愧是香椿呀！

自从到台北以后，就难得品尝到香椿的滋味了，所以每次回乡下，总会设法去找一些香椿来吃。有一年，我住在木栅的兴隆山庄，特地向朋友要来两株香椿树的幼苗种在院子里。香椿树长得有一人高，我偶尔会依照父亲的食谱，摘香椿叶来试做，滋味依然鲜美，于是从前那遥远的记忆就会被唤起。

后来我搬家了，也不知道院子里那两株香椿树变成什么样子了，会像故乡的香椿树那样长到三四丈高吗？会开花吗？种子也会飞翔吗？

有一次读庄子的《逍遥游》，说道："上古有大椿者，以八千岁为春，八千岁为秋。"所以香椿树应该是很长寿的。由这个典故，以香椿有寿考之征，所以古人称父亲为"椿"，称母亲为"萱"。唐朝牟融有诗说："堂上椿萱雪满头"，是说高堂的父母已经白发苍苍了。

　　父亲过世之后，我也吃过几次香椿，但每次，那强烈的气息都会给我带来悲情，使我想起父亲，以及他手植的香椿树。他常说："香椿是很上等的木材，等长好了，我们自己砍下来做家具。"一直到他离开这个世界，他也没有砍过一棵香椿树。我以前一直以为是香椿还没有长好，现在才知道那是感情的因素。八千年为春秋，那是永远也长不好了。但愿，父亲在极乐世界，也会有香椿拌面可以吃。

　　端午节的时候，我路过松山的永春市场，看到有人在路边卖"香椿粽子"，便买了几个来吃，真有一点爸爸的味道。唉！

　　吃香椿粽子的时候，我决定，将来如果有一个庄园，屋前屋后我都要种几棵香椿树，来纪念父亲。

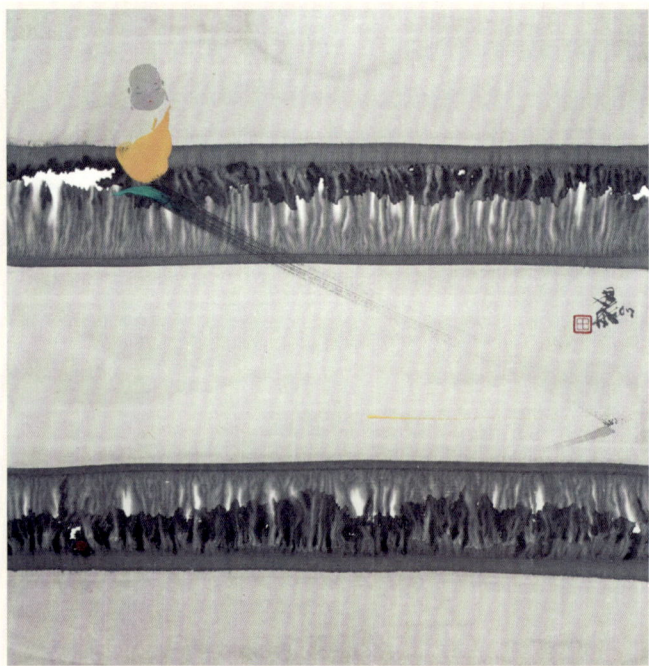

柔软的时光

母亲蹲在厨房的大灶旁边，手里拿着柴刀，用力劈砍香蕉树多汁的草茎，然后把剁碎的小茎丢到灶中大锅，与馊水同熬，准备去喂猪。我从大厅迈过后院，跑进厨房时正看到母亲额上的汗水反射着门口射进的微光，非常明亮。

"妈，给我两角钱。"我靠在厨房的木板门上说。

"走！走！走！没看到没闲吗？"母亲头也没抬，继续做她的活儿。

"我只要两角钱。"我细声但坚定地说。

"要做什么？"母亲被我这异乎寻常的口气触动，终于看了我一眼。

"我要去买金唥。"金唥是三十年前乡下孩子唯一能吃到的糖，浑圆的，坚硬的糖球上面粘了一些糖粒。一角钱两粒。

"没有钱给你买金唥。"母亲用力地把柴刀剁下去。

"别人都有？为什么我们没有？"我怨愤地说。

"别人是别人，我们是我们，没有就是没有，别人做皇帝你怎么不去做皇帝！"母亲显然动了肝火，用力地剁香蕉块。柴刀砍在砧板上咚咚作响。

"做妈妈是怎么做的？连两角钱买金唥都没有？"

母亲不再作声，继续默默工作。

我那一天是吃了秤锤铁了心，冲口而出："不管，我一定要！"说着就用力踢厨房的门板。

母亲用尽力气，柴刀咔的一声站立在砧板上，顺手抄起一根生火的竹管，气急败坏的，一言不发，劈头劈脑就打了下来。

我一转身，飞也似的蹦了出去。平常，我们一旦忤逆了母亲，只要一溜烟跑掉，她就不再追究，所以只要母亲一火，我们总是一口气跑出去。

那一天，母亲大概是气极了，并没有转头继续工作，反而快速地追了出来。我正奇怪的时候，发现母亲的速度异乎寻常地快，几乎像一阵风一样。我心里升起一种恐怖的感觉，想到脾气一向很好的母亲，这一次大概是真正生气了，万一被抓到一定会被狠狠打一顿。母亲很少打我们，但只要她动了手，必然会把我们打到讨饶为止。

边跑边想，我立即选择了那条火车路的小径，那是条附近比较复杂而难走的小路，整条路都是枕木，铁轨还通过旗尾溪，有一部分悬空架在上面，我们天天都在这里玩耍，路径熟悉。通常母亲追我们的时候，我们就选这条路跑，母亲往往不会追来，而她也很少把气生到晚上。只要晚一点回家，让她担心一下，她气就消了，顶多也只是数落一顿。

那一天真是反常，母亲提着竹管，快步地跨过铁轨的枕木追过来，好像不追到我不肯罢休。我心里虽然害怕，却还是有恃无恐，因为我的身高已经长得快与母亲平行了，她即使用尽全力也追不上我，何况是在火车路上。

我边跑还边回头望母亲，母亲脸上的表情是冷漠而坚决的。我们一直维持着二十几米的距离。

"哎哟！"我跑过铁桥时，突然听到母亲惨叫一声。一回头，正好看到母亲扑跌在铁轨上面，噗的一声，显然跌得不轻。

我的第一个反应是：一定很痛！因为铁轨上铺的都是不规则的碎石子，我们这些小骨头跌倒都痛得半死，何况是妈妈？

我停下来，转身看母亲，她一时爬不起来，用力搓着膝盖，我看到鲜血从她的膝上流出，鲜红色的，非常鲜明。母亲咬着牙看我。

我不假思索地跑回去，跑到母亲身边，用力扶她站起。看到她腿上的伤势实在不轻，我跪下去说："妈，您打我吧！我错了。"

母亲把竹管用力地丢在地上，这时，我才看见她的泪从眼中急速地流出，然后她把我拉起，用力抱着我。我听到火车从很远很远的地方开过来。

我用力拥抱着母亲说："我以后不敢了。"

这是我小学二年级时的一幕。每次一想到母亲，那情景就立即回到我的脑海，重新显影。我记忆中的母亲，那是她最生气的一次。其实，母亲是个很温和的人。她最不同的一点是，她从来不埋怨生活，很可能她心里也是埋怨的，但她嘴里从不说出，我这辈子也没听她说过一句粗野的话。

因此，母亲是比较倾向于沉默的，她不像一般乡下的妇人喋喋不休。这可能与她的教育与个性都有关系。在母亲的那个年代，她算是幸运的，因为受到初中的教育，日据时代的乡间能读到初中已算是知识分子了，何况是个女子。在我们那方圆几里内，母亲算是知识丰富的人，而且她写得一手娟秀的字，这一点是我小时候常引以为傲的。

我的基础教育都是来自母亲，很小的时候她就把《三字经》写在日历纸上让我背诵，并且教我习字。我如今写得一手好字就是受到她的影响，她常说："别人从你的字里就可以看出你的为人和性格了。"

早期的农村社会，一般孩子的教育都落在母亲的身上，因为孩子多，父亲光是养家就已经没有余力教育孩子了。我们很幸运的，有一位明理的、有知识的母亲。这一点，我的姐姐体会得更深刻。她考上大学的时候，母亲力排众议对父亲说："再苦也要让她把大学读完。"在二十年前的乡间，让女孩子去读大学是需要很大的决心与勇气的。

母亲的父亲——我的外祖父——在他居住的乡里是颇受敬重的士绅，日据时代在当局机构任职，又兼营农事，是典型耕读传家的知识分子。他连续拥有了八个男孩，晚年时才生下母亲。因此，母亲的童年与少女时代格外受到宠爱，我的八个舅舅时常开玩笑地说："我们八个兄弟合起来，还比不上你母亲受的宠爱。"

母亲嫁给父亲是"半自由恋爱"，由于祖父有一块田地在外祖父家旁，父亲常到那里去耕作，有时借故到外祖父家歇脚喝水，就与母亲相识，互相闲谈几句，生起一些情意。后来祖父央媒人去提亲，外祖父见父亲老实可靠，勤劳能负责任，就答应了。

父亲提起当年为了博取外祖父母和舅舅们的好感，时常挑着两百多斤的农作在母亲家前来回走过，才能顺利娶回母亲。

其实，父亲与母亲在身材上不是十分相配的，父亲是身高一米八的巨汉，母亲的身高只有一米五，相差达三十公分（一公分等于一厘米——编者注）。我家有一幅他们的结婚照，母亲站着到父亲耳际，大家都觉得奇怪，问起来，才知道宽大的白纱礼服里放了一个圆凳子。

母亲是嫁到我们家才开始吃苦的。我们家的田原广大，食指浩繁，是当地少数的大家族。母亲嫁给父亲的头几年，大伯父二伯父相继过世，大伯母也随之去世，家外的事全由父亲撑持，家内的事则由二伯母和母亲负担。一家三十几口的衣食，加上养猪饲鸡，辛苦与忙碌可以想见。

我印象里还有几幕影像鲜明的静照，一幕是母亲以蓝底红花背巾背着我最小的弟弟，用力撑着猪栏要到猪圈里去洗刷猪的粪便。那时母亲连续生了我们六个兄弟姊妹，家事操劳，身体十分瘦弱。我小学一年级，么弟一岁，我常在母亲身边跟进跟出。那一次见她用力撑着跨过猪圈，我第一次体会到母亲的辛苦而落下泪来，如今那一条蓝底红花背巾的图案还时常浮现出来。

另一幕是，有时候家里缺乏青菜，母亲会牵着我的手，穿过家前的一片菅芒花，到番薯田里去采番薯叶，有时候则到溪畔野地去摘乌荠菜或芋头的嫩茎。有一次母亲和我穿过芒花的时候，我发现她和新开的芒花一般高，芒花雪样的白，母亲的发墨一般黑，真是非常地美。那时感觉到能让母亲牵着手，真是天下最幸福的事。

还有一幕是，大弟因小儿麻痹死去的时候，我们都忍不住大声哭泣，唯有母亲以双手掩面悲号，我完全看不见她的表情，只见到她的两道眉毛一直在那里抽动。依照习俗，死了孩子的父母在孩子出殡那天，要用拐杖击打棺木，以责备孩子的不孝，但是母亲坚持不用拐杖，她只是扶着弟弟的棺木，默默地流泪。母亲那时的样子，到现在在我心中还鲜明如昔。

还有一幕经常上演的，是父亲到外面去喝酒彻夜未归。如果是夏日的夜晚，母亲就会搬着藤椅坐在晒谷场说故事给我们听，讲虎姑婆，或者孙悟空，讲到孩子都撑不开眼睛而倒在地上睡着。

有一回，她故事说到一半，突然叫起来说："呀！真美。"我们回过头去，原来是我们家的狗互相追逐跑进前面那一片芒花，栖在芒花里无数的萤火虫哗然飞起，满天星星点点，衬着在月下波浪一样摇曳的芒花，真是美极了。美得让我们都呆住了。我再回头，看到那时才三十岁的母亲，脸上流露着欣悦的光泽，在星空下，我深深觉得母亲是多么的美丽，那时母亲的美配得上满天的萤火。

于是那一夜，我们坐在母亲身侧，看萤火虫一一地飞入芒花，最后，只剩下一片宁静优雅的芒花轻轻摇动。远处的山头晨曦微微升起，萤火在芒花中消失。

我和母亲的因缘也不可思议。她生我的那天，父亲急急跑出去请产婆来接生，产婆还没有来的时候我就生出来了，是母亲拿起床头的剪刀亲手剪断我的脐带，使我顺利地投生到这个世界。

年幼的时候，我是最令母亲操心的一个，她为我的病弱不知道流了多少泪。在我得急病的时候，她抱着我跑十几里路去看医生是常有的事。尤其在大弟死后，她对我的照顾更是无微不至。我今天能有很好的身体，是母亲在十几年间仔细调护的结果。

我的母亲是这个世界上无数的平凡人之一，却也是这个世界上无数伟大的母亲之一，她是那样传统，有着强大的韧力与耐力，才能从艰苦的农村生活过来，丝毫不怀忧怨恨。她们那一代的生活目标非常单纯，只是顾着丈夫、照护儿女，几乎从没有想过自己的存在。在我的记忆中，母亲的忧病都是因我们而起，她的快乐也是因我们而起。

不久前，我回到乡下，看到旧家前的那一片芒花已经完全不见了，盖起一间一间的透天厝，现在那些芒花呢？仿佛都飞来开在母亲的头上，母亲的头发已经花白了。我想起母亲年轻时候走过芒花的黑发，不禁百感交集。尤其是父亲过世以后，母亲显得更孤单了，头发也更白了。这些，都是她把半生青春拿来抚育我们的代价。

　　童年时代，陪伴母亲看萤火虫飞入芒花的星星点点，在时空无常的流变里也不再有了。只有当我望见母亲的白发时才想起这些，想起萤火虫如何从芒花中哗然飞起，想起母亲脸上突然绽放的光泽，想起在这广大的人间，我唯一的母亲。

一九八六年五月八日

在梦的远方

　　有时候回想起来，我母亲对我们的期待，并不像父亲那样明显而长远。小时候我的身体差、毛病多，母亲对我的期望大概只有一个，就是祈求我的健康。为了让我平安长大，母亲常背着我走很远的路去看医生，所以我童年时代对母亲留下的第一印象，就是趴在她的背上，去看医生。

　　我不只是身体差，还常常发生意外。三岁的时候，我偷喝"汽水"，没想到汽水瓶里装的是"番仔油"（夜里点灯用的臭油），喝了一口顿时两眼翻白，口吐白沫，昏死过去。母亲立即抱着我以跑一百米的速度到街上去找医生，那天是大年初二，医生全休假去了，母亲急得满眼泪水，却毫无办法。

"好不容易在最后一家医馆找到医生，他打了两个生鸡蛋给你吞下去，又有了呼吸，眼睛也张开了。直到你张开眼睛，我也在医院昏过去了。"母亲一直到现在，每次提到我喝番仔油，还心有余悸，好像捡回一个儿子。听说那一天她为了抱我看医生，跑了将近十公里。

四岁那一年，我从桌子上跳下时跌倒，撞到母亲的缝纫机铁脚，后脑壳整个撞裂了，母亲正在厨房里煮饭。我自己挣扎站起来叫母亲，母亲从厨房跑出来。

"那时，你从头到脚，全身是血，我看到第一眼，浮上心头的一个念头是：这个囡仔无救了。幸好你爸爸在家，坐他的脚踏车去医院。我抱你坐在后座，一手捏住你脖子上的血管。到医院时我也全身是血，立即推进手术房。推出来时你叫了一声妈妈。呀！呀！我的囡仔活了，我的囡仔回来了……我那时感谢得流下泪来。"母亲说这段时，喜欢把我的头发撩起，看我的耳后，那里有一道二十厘米长的疤痕，像蜈蚣盘踞着。听说我摔了那一次，聪明了不少。

由于我体弱，母亲只要听到有什么补药或草药吃了可以使孩子的身体好，就会不远千里去求药方，抓药来给我补身体。可能是补得太厉害，我六岁的时候竟得了疝气，时常痛得在地上打滚，哭得死去活来。

"那一阵子，只要听说哪里有先生、有好药，都要跑去看，足足看了两年，什么医生都看过，什么药都吃了，就是好不了。有一天，有一个你爸爸的朋友来，说开刀可以治疝气，虽然我们对西医没信心，还是送去开刀了，开一刀，一个星期就好了。早知道这样，两年前送你去开刀，不必吃那么多的苦。"母亲说吃那么多的苦，当然是指我而言，因为她们那时代的妈妈，是从来不会想到自己的苦。

过了一年，我的大弟得小儿麻痹，一星期就过世了，这对母亲是个严重的打击。由于我和大弟年龄最近，她差不多把所有的爱都转到我身上，对我的照顾可以说是无微不至，并且在那几年，对我特别溺爱。

例如那时候家里穷，吃鸡蛋不像现在的小孩可以吃一个，而是一个鸡蛋要切成"四洲"（四片）。母亲切白煮鸡蛋有特别方法，她不用刀子，而是用车衣服的白棉线，往往可以切到四片同样大，然后像宝贝一样分给我们。每次吃鸡蛋，她常背地里多给我一片。有时候很不容易吃苹果，一个苹果切十二片，她也会给我两片。如果有斩鸡，她总会留一碗鸡汤给我。

可能是母亲照顾周到，我的身体竟奇迹似的好起来，变得非常健康，常常两三年都不生病，功课也变得十分好，很少读到第二名。我母亲常说："你小时候读了第二名，自己就跑到香蕉园躲起来哭，要哭到天黑才回家。真是死脑筋，第二名不是很好了吗？"

但身体好、功课好，母亲并不是就没有烦恼。那时我个性古怪，很少和别的小朋友玩在一起，都是自己一个人玩。有时自己玩一整天，自言自语，即使是玩杀刀，也时常一人扮两角，一正一邪互相对打，而且常不小心让匪徒打败了警察，然后自己蹲在田岸上哭。幸好那时候心理医生没有现在发达，否则我一定早被送去了。

"那时庄稼囝仔很少像你这样独来独往的，满脑子不知在想什么。有一次我看你坐在田岸上发呆，我就坐在后面看你，那样看了一下午，后来我忍不住流泪，心想：这个孤怪囝仔，长大后不知要给我们变出什么出头，就是这个念头也让我伤心不已。后来天黑，你从外面回来，我问你：'你一个人坐在田岸上想什么？'你说：'我在等煮饭花开，等到花开我就回来了。'这真是奇怪，我养一手孩子，从来没有一个坐着等花开的。"母亲回忆着我童年的一个片段，煮饭花就是紫茉莉，总是在黄昏时盛开。我第一次听到它是黄昏开时不相信，就坐一下午等它开。

不过，母亲的担心没有太久，因为不久有一个江湖术士到我们镇上。母亲先拿大弟的八字给他排，他一排完就说："这个孩子已经不在世上了，可惜是个大富大贵的命，如果给一个有权势的人做儿子，就不会夭折了。"母亲听了大为佩服，就拿我的八字去算，算命的说："这孩子小时候有点怪，不过，长大会做官，至少做到省议员。"母亲听了大为安心，当时在乡下做个省议员是很了不起的事，从此她对我的古怪不再介意。遇到有人对她说我个性怪异，她总是说："小时候怪一点没什么要紧。"

偏偏在这个时候，我恢复了正常。小学五六年级我交了好多好多朋友，每天和朋友混在一起，玩一般孩子的游戏。母亲反而担心："哎呀！这个孩子做官无望了。"

我十五岁就离家到外地读书了，母亲因为会晕车，很少到我住的学校看我，我们见面的机会就少了。她常说："出去好像丢掉，回来好像捡到。"但每次我回家，她总是唯恐我在外地受苦，拼命给我吃，然后在我的背包塞满东西。我有一次回到学校，打开背包，发现里面有我们家种的香蕉、枣子、一罐奶粉、一包人参、一袋肉松、一包她炒的面茶、一串她绑的粽子以及一罐她亲手腌渍的凤梨竹笋豆瓣酱……还有一些已经忘了。那时觉得东西多到可以开杂货店。

那时我住在学校，每次回家返回宿舍，和我一起的同学都说是小过年，因为母亲给我准备的东西，我一个人根本吃不完。一直到现在，我母亲还是这样，我一回家，她就把什么东西都塞进我的包包，就好像台北闹饥荒，什么都买不到一样。有一次我回到台北，发现包包特别重，打开一看，原来母亲在里面放了八罐汽水。我打电话给她，问她放那么多汽水做什么，她说："我要给你们在飞机上喝呀！"

高中毕业后，我离家愈来愈远，每次回家要出来搭车，母亲一定放下手边的工作，陪我去搭车，抢着帮我付车钱，仿佛我还是个三岁的孩子。车子要开的时候，母亲都会倚在车站的栏杆向我挥手，那时我总会看见她眼中有泪光，看了令人心碎。

要写我的母亲是写不完的，我们家十五个兄弟姊妹，只有大哥侍奉母亲，其他的都高飞远扬了。但一想到母亲，好像她就站在我们身边。

这一世我觉得没有白来，因为会见了母亲。我如今想起母亲的种种因缘，也会想到小时候她说的一个故事：

有两个朋友，一个叫阿呆，一个叫阿土，他们一起去旅行。

有一天来到海边，看到海中有一个岛，他们一起看着那座岛，因疲累而睡着了。夜里阿土做了一个梦，梦见对岸的岛上住了一位大富翁，在富翁的院子里有一株白茶花，白茶花树根下有一坛黄金，然后阿土的梦就醒了。

第二天，阿土把梦告诉阿呆，说完后叹一口气说："可惜只是个梦！"

阿呆听了信以为真，说："可不可以把你的梦卖给我？"阿土高兴极了，就把梦的权利卖给了阿呆。

阿呆买到梦以后就往那个岛上出发，阿土卖了梦就回家了。

到了岛上，阿呆发现果然住了一个大富翁，富翁的院子里果然种了许多茶树，他高兴极了，就留下做富翁的用人。做了一年，只为了等待院子的茶花开。

第二年春天，茶花开了，可惜，所有的茶花都是红色，没有一株是白茶花。阿呆就在富翁家住了下来，等待一年又一年。许多年过去了，有一年的春天，院子里终于开出一棵白茶花。阿呆在白茶花树根旁掘下去，果然掘出一坛黄金。第二天他辞工回到故乡，成为故乡最富有的人。

卖了梦的阿土还是个穷光蛋。

这是一个日本童话。母亲常说："有很多梦是遥不可及的，但只要坚持，就可能实现。"她自己是个保守传统的乡村妇女，和一般乡村妇女没有两样，不过她鼓励我们要有梦想，并且懂得坚持。这一点使我后来成为作家。

作家可能没有做官好，但对母亲来说是个全新的经验。成为作家的母亲，她在对乡人谈起我时，为我小时候的多灾多难、古灵精怪全找到了答案。

白雪少年

我小学时代使用的一本字典，被母亲细心地保存了十几年，最近才从母亲的红木书柜里找到。那本字典被粗心的手指扯掉了许多页，大概是拿去折纸船或飞机了，现在怎么回想都记不起来。由于有那样的残缺，更使我感觉到一种任性的温暖。

令人更惊奇的发现是，在翻阅这本字典时，找到一张已经变了颜色的白雪公主泡泡糖的包装纸。那是一张长条的鲜黄色纸，上面用细线印了一个白雪公主的面相，于今看起来，公主的图样已经有一点粗糙简陋了。至于如何会将白雪公主泡泡糖的包装纸夹在字典里，更是无从回忆。

到底是在上语文课时偷偷吃泡泡糖夹进去的，是夜晚在家里温书吃泡泡糖夹进去的，还是有意保存了这张包装纸呢？翻遍字典也找不到答案。记忆仿佛自时空遁去，渺无痕迹了。

唯一记得的倒是，那是一种旧时乡间十分流行的泡泡糖，是粉红色长方形、十分粗大的一块，一块要五毛钱。对于长在乡间的小孩子，那时的五毛钱非常昂贵，是两天的零用钱，常常要咬紧牙根才能买来一块，一嚼就是一整天。吃饭的时候把它吐在玻璃纸上包起，等吃过饭再放到口里嚼。

父亲看到我们那么不舍得一块泡泡糖，常常生气地说："那泡泡糖是用脚踏车坏掉的轮胎做成的，还嚼得那么带劲！"记得我还傻气地问过父亲："是用脚踏车车轮做的？怪不得那么贵！"惹得全家人笑得喷饭。

说是白雪公主泡泡糖，应该是可以吹出很大气泡的，却不尽然。吃那泡泡糖多少靠运气，能吹出气泡的记得大概五块里才有一块，许多是硬到吹弹不动，更多的是嚼起来不能结成固体，弄得一嘴糖沫，赶紧吐掉，坐着伤心半天。我手里的这一张可能是一块能吹出大气泡的包装纸，否则怎么会小心翼翼地夹做纪念呢？

我小时候并不是那种很乖巧的孩子，常常因为要不到两毛钱的零用就赖在地上打滚，然后一边打滚一边偷看母亲的脸色。直到母亲被我搞烦了，拿到零用钱，我才欢天喜地地跑到街上去，或者就这样跑去买了一个白雪公主泡泡糖，然后嚼到天黑。

长大以后，再也没有在店里看过白雪公主泡泡糖，都是细致而包装精美的，一片一片的口香糖。每一片都能嚼成形，每一片都能吹出气泡，反而没有像幼年一样能体会到买泡泡糖靠运气的心情。偶尔看到口香糖，还是会想起童年，想起嚼白雪公主泡泡糖的滋味，但也总是一闪即逝，了无踪迹。直到看到字典中的包装纸，才坐下来顶认真地想起白雪公主泡泡糖的种种。

如果现在还有那样的工厂，恐怕不再是用脚踏车车轮制造，可能是用飞机轮子了——我这样游戏地想着。

那一本母亲珍藏了十几年的字典，薄薄的一本，里面缺页的缺页、涂抹的涂抹，对我已经毫无用处，只剩下纪念的价值。那张泡泡糖的包装纸，整整齐齐，毫无毁损，却宝藏了一段十分快乐的记忆，使我想起真如白雪一样无瑕的少年岁月，因为它那样白，那样纯净，几乎所有的事物都可以涵容。

那些岁月虽在我们的流年中消逝，但借着非常非常微小的事物，往往一勾就是一大片。仿佛是草原里的小红花，先是看到了那朵红花，然后发现了一整片大草原，红花可能凋落，而草原却成为一个大的背景，我们就在那背景里成长起来。

那朵红花不只是白雪公主泡泡糖，可能是深夜里巷底按摩人悠长的笛声，可能是收破铜烂铁老人沙哑的叫声，也可能是夏天里卖冰激凌小贩的喇叭声……有一回我重读小学时看过的《少年维特的烦恼》，书里就曾夹着用歪扭字体写成的纸片，只有七个字："多么可怜的维特！"其实当时我哪里知道歌德，只是那七个字，让我童年伏案的身影整个显露出来，那身影可能是和维特一样纯情的。

　　有时候我不免后悔童年留下的资料太少，常想："早知道，我不会把所有的笔记簿都卖给收破烂的老人。"可是如果早知道，我就不是纯净如白雪的少年，而是一个多虑的少年了。那么丰富的资料原本也不宜留录下来，只宜在记忆里沉潜，在雪泥中找到鸿爪，或者从鸿爪体会那一片雪。

　　这样想时，我就特别感恩母亲。因为在我无知的岁月里，她比我更珍视我所拥有过的童年，在她的照相簿里，甚至还有我穿开裆裤的照片。那时的我，只有父母留有记忆，我则是完全茫然了。就像我虽拥有白雪公主泡泡糖的包装纸，但那块糖已完全消失，只留下一点甜意——那甜意竟也有赖于母亲爱的保存。

一九八三年六月二十二日

满天都是小星星

夜晚沿着仁爱路的红砖道散步，正是春夜晴好。仁爱路上盛放着橙色的木棉花，叶已全数落尽，木棉树的枝丫呈现接近黑的褐色，仿佛已经干去一般。它唯一还证明自己活着的，是那些有强硬花瓣的在夜风中微微抖动的花朵。

到了二段以后，木棉少了，只有安全岛上的椰子树孤单而高傲地探触着天空一角。不知道为什么，我总觉得城市里的木棉与椰子树是兄弟一样的品种。不开花的时候，往往使我们忘记它们的存在，但是它们却一年年活了下来，互相看守道路，在寂寞的时候互相照应。

有时我追索着为什么把它们当成相同的品种，长久的观察使我知道，都市的木棉与椰子是永不结果的。如果在我的故乡，春末的木棉花开过后并不掉落，它们在树上结成棉果，熟透之后就在树上爆裂，木棉的棉絮如冬天第一场细雪，随风飘落。每一片乳白的木棉絮都连着一粒黑色的种子，随风落地，只要是有土的所在，第二年就长出木棉树的嫩芽。所以我们常会在水田中看到一株孤零零的木棉耸立，那可能是几里外另一株木棉飘过来的种子长成的。

到了夏天，椰子结实的时候。那时椰子纷纷"放花"完成，饱满的青苍色的椰子好像用起重机高高地升到树顶上。但是收采椰子的时候，农人常常留下几棵最强壮的椰子做种，等到椰子内部长成实心的时候才采收下来，埋在地下，不久就长芽抽放。如果将它放在大盆子里，每天浇点清水，椰子也照样发芽，然后运送到城市，成为充满绿意的盆栽。

记得我故乡的国民小学，沿着低矮的围墙种满了椰子树，门口的两株长得格外高大，那椰子树是父亲读小学时就有的。后来我才知道整个校园的椰子树全是由门口的两株传种，一个校园的上百株椰子树，事实上是一个庞大的家族，有着血亲关系。每次想到那一群椰子，都给我一种莫名的感动。

如今在仁爱路上的椰子，不要说结实传种，甚至是不开花的，只有站在安全岛的一角，默默倾听路过的车声。

过了临沂街右转，就走进铜山街的巷子，走进了我生命中的一段历史。

十几年前我初到台北，虽然心中有着向新环境开拓的想法，但从偏远的乡间突然进入这样的大城，不免有一种惶惑和即将迷失的恐惧。我从台北车站小心翼翼地坐上零南公车，特别交代电车司机在临沂街口让我下车。我坐在电车司机身后的位子上，张皇地看着窗外的景物，直到看见了仁爱路上的椰子和木棉，才稍稍放松心情。

公车到站的时候，就读小学三年级的大侄女在站牌下等我，带我到堂哥家里。堂哥当时住在铜山街三十三巷一号，是一栋两百坪的日式平房。屋前的庭园种着正在盛开的花草，门口的两边各种了一株数丈高的椰子树，那时正结满了椰子。屋后的院子是水泥地，让小孩子玩耍。

初到台北时寄住在堂哥家里，他让我住在庭园边的小房间，每天从窗口都能看见那两株高大到几乎难以攀爬的椰子树。那时的堂哥正当盛年，意气十分风发，拥有一家规模极大的石棉工厂和一家中型的水泥厂。他曾在故乡担任过一届县议员和两届省议员，受到普遍的尊敬。我非常敬爱他，虽然我们年龄相差很大，观念也不太能沟通，甚至在家里也很少交谈，但是我每天看他清晨在园中浇水，然后爱惜地抚摸椰子树干，我心里就充满了感动。

有一次我们坐在一起听音乐，同时看着窗外，目光不约而同落在椰子树上，堂哥的脸上突然流过孩子一般天真的笑容，对我说："你看，这椰子是不是长得和家里种的一样好？有人说台北的椰子不结果，我种的一年可以生一百多粒呢！"我点头表示同意，他随即感喟地说："可惜这椰子长得太瘦了，没有我们家的强壮。"

接着我们沉默起来，黄昏逐渐褪去，黑暗慢慢地流进来。

我找到过去住的铜山街，门牌的号码早就更换了，堂哥的房子已被铲平，盖成一栋七层的大楼。不要说椰子树，连一朵花都看不见了。

我在堂哥家住了一年，直到我考上郊区的学校才搬走。接着是台北空前的经济低潮，堂哥的事业纷纷因负债而被拍卖，甚至连住的房子都保不住。房子要卖之前我去看他，他仍像往常一样乐观，反过来安慰我："大不了我回家种田就是了。只是这两丛椰子砍掉，实在可惜。"

那一次卖房子对堂哥的打击很大，他的身子没有以前健朗，加上租屋居住，时常搬家，使他的性格也变得忧郁了。他把最后的积蓄投资在建筑业，奋力一搏，没想到遭逢建筑业不景气，反而使他一病不起。

他过世的前几天，我到医院看他。他从沉沉的午睡中惊醒，那时他的耳朵重听，身体已不能动了，说话十分吃力，看到我却笑了一下。我俯身听他说话，他竟说："我刚刚做了一个梦，梦见乡下的粉肠和红糟肉，你小时候我带你去吃过的，真是好吃。"说完，失神的眼睛仿佛转回了故乡那一担以卖粉肠和红糟肉闻名的小摊。

第二天，我带粉肠和红糟肉给他吃，他只各吃了一口，就流下泪来，把东西放在病床一角，微弱地说："真是不如我们乡下的呀！"他默默地流泪，一句话也不肯再说。

一个星期后，堂哥过世了。

他留下来的最后一句话是："赶快把我送回乡下去埋葬吧！墓前种两丛椰子树。"

堂哥留下四个孩子，当年在站牌下等我的大侄女，如今已是大学四年级的学生。时间就这样流逝，记忆好像清晰如昨日，没想到已经过去十几年了。

静夜里我常想起堂哥的一生，想到他和椰子树那不为人知的情感，令我悲伤莫名。或者他就是乡间移植到城市的一株椰子树，经过努力地灌溉，虽然也结果，却不免细瘦，在一整个城市与时间的流转中，默默地消失了。

我沿着铜山街，一步一步走到底，整条街竟看不见一株椰子树，而仁爱路上的那些，是没有一株会结果的。

　　走出铜山街，抬头见到满天的小星星，忆起童年常唱的两句歌词："一闪一闪亮晶晶，满天都是小星星。"星星还是一样的星星，可是星星知道什么呢？星星知道人世里的一株树有时会令人落泪吗？

　　我突然强烈地思念故乡，想起故乡的木棉和椰子那落地生根的力量，想起堂哥犹新的墓园，以及前面那两株栽种不久还显得娇嫩的椰子树。

　　等到那椰子成熟，会不会长出更多的椰子树呢？那上面，永远都会有微笑闪动的光明的星星吧！

一九八四年十二月

第五辑

花季与花祭

如果你说，在台湾，秋天可以送什么礼物，我想，有空和朋友去看芒花吧。「岭上多芒花，不只自愉悦，也堪持赠君。」

某年某月某一天，一起看过芒花的人，你还安在吗？有空去看芒花吧！那些坚强的誓言，正还魂似的，飘落在整个山坡。

芒花季节

朋友来相邀一起到阳明山，说是阳明山上的芒花开得很美，再不去看，很快就要谢落了！

我们沿着山道上山去，果然在道旁、在山坡，甚至更远的山岭上，芒花正在盛开。因为才刚开不久，新抽出的芒花是淡紫色的，全开的芒花则是一片银白，相间成紫与白的世界，与时而流过的云雾相映，感觉上就像在迷离的梦境一样。

我想到像芒花如此粗贱的植物，竟吸引了许多人远道赶来欣赏，像至宝一样，就思及万物的评价并没有一定的标准。

我说芒花粗贱，并没有轻视之意，而是因为它生长力强，落地生根，无处不在，从前在乡下的农夫去之唯恐不及。

就像我现在住在台北的十五楼阳台上，也不知是种子随风飘来，或是小鸟沾之而来，竟也长了十几丛，最近都开花了。有几株是从排水沟微薄的泥土吸取养分，还有几株甚至完全没有泥土，扎根在水管与水泥的接缝，只依靠水管渗出的水生长。芒花的生命力可想而知了。

再说，像芒花这种植物，几乎是一无是处的，几乎到了百无一用的地步。在干枯的季节，甚至时常成为火烧山的祸首。

我努力地思索从前芒花在农村的作用，只想到三个，一是编扫把，我们从前时常在秋末到山上割芒花回家，将芒花的种子和花摇落，捆扎起来做扫把；二是农家的草房，以芒草盖顶，可以冬暖夏凉；三是在春夏未开花时，芒草较嫩，可作为牛羊的食料。

但这也是不得已的好处，因为如果有竹扫把，就不用芒花，因为芒花易断落；如果有稻草盖屋顶，就不用芒草，因为芒草太疏松，又不坚韧；如果有更好的草，就不以芒草喂牛羊，因为芒草边有刺毛，会伤舌头。

在实用上是如此，至于美呢？从前很少人觉得美。早期的台湾绘画或摄影，很少以芒花入图像，是近几年，才有艺术家用芒花做素材。

从美的角度来看，单独或两三株芒花是没有什么美感的，但是如果一大片的芒花就不同了。那种感觉就像海浪一样，每当风来，一波一波地往前推进，使我们的心情为之荡漾，真是美极了。因此，芒花的美，美在广大、美在开阔、美在流动，也美在自由。

或者我们可以如是说：凡广大的、凡开阔的、凡流动的、凡自由的，即使是平凡粗贱的事物，也都会展现非凡的美。

例如天空，美在广大；平原，美在开阔；河川，美在流动；风云，美在自由。

我幼年曾有一次这样的经验，那时应该是秋天吧！我沿着六龟的荖浓溪往上游步行，走呀走，突然走到山腰的一片平坦的坡地。我坐在坡地上休息，抬头看到蓝天蓝得近乎纯净透明，河水在脚边奔流，风云在秋风中奔驰变化，而我，整个被开满的芒花包围了，感觉到整个山、整个天空、整个世界都在随着芒花的摇动而律动。

当时的我，仿佛是醉了一样，第一次感受到芒花是那样的美。从此，我看芒花就有了不同的心情。长大以后看芒花，总不自禁地想起乐府诗句："天苍苍，野茫茫，风吹草低见牛羊。"

是的，芒花之于大地，犹如白发之于盛年，它展现的虽然是大地之美，其中隐隐地带着悲情，特别是在夕阳时艳红的天空的衬托下，芒花有着金黄的光华。其实芒花的开谢是非常短暂的，它像一阵风来，吹白山头，随即隐没于无声的冬季。

生命对于华年，是一种无常的展露，芒花处山林之间，则是一则无常的演出。

·二一三·

　　某年某月的某一天，我们曾与某人站立于芒花遍野的山岭，有过某种指天的誓言，往往在下山的时候，一阵风来，芒花就与誓言同时凋落。某些生命的誓言或许不是消失，只是随风四散，不能捕捉，难以回到那最初的起点。

　　我们这漂泊无止的生命呀！竟如同驰车转动在两岸的芒草之中，美是美的，却有着秋天的气息。

　　在欣赏芒花的那一刻，感觉到应该更加珍惜人生的每一刻，应该更体验那些看似微贱的琐事，因为"志士惜年，贤人惜日，圣人惜时"，每一寸时光都有开谢，只要珍惜，纵使在芒花盛开的季节，也能见出美来。

　　从阳明山下来已是黄昏了，我对朋友说："我们停下来，看看晚霞之下的芒花吧！"

　　那时，小时候在茗浓溪的感觉又横越时空回到眼前，小时候看芒花的那个我，我还记得，正是自己无误，可是除了感受极真，竟无法确定是自己。岁月如流，流过我、流过芒花，流过那些曾留下，以及不可确知的感觉。

　　"今年，有空还要来看芒花。"我说。

　　如果你说，在台湾，秋天可以送什么礼物，我想，有空和朋友去看芒花吧！"岭上多芒花，不只自愉悦，也堪持赠君。"

　　某年某月某一天，一起看过芒花的人，你还安在吗？有空去看芒花吧！那些坚强的誓言，正还魂似的，飘落在整个山坡。

不着于水

　　近一两年，花市里普遍都可以买到莲花了。有的花店，用几个大瓮装莲花，摆成一列放在架上，每一个瓮装一种颜色，金黄、清紫、湛蓝、纯白、粉红的莲花，五色明媚，使人走过时仿佛置身莲花池畔。

　　把心放平静了，把呼吸调细致一些，就会有莲花的香气从众花之中穿越出来。不愧是王者之香，即使是最浓烈的野姜花之香气，也丝毫不能掩盖那清冽的、悠远的、不染一丝尘土的清净之香。

　　花香里以莲香为第一。虽然我也喜欢别的花香，但如果仔细品过莲花的香气就会知道，唯有莲花的香气可以与我们的心灵等高，或者说，唯有莲花才能使我们从尘世的梦中之梦，闻到一些超尘的声息，甚而悟到身外之身。

当学生的时候，我就常常为了看莲花，不惜翻山越岭。最近的莲花长在南海学园里，坐在历史博物馆小贩卖部的角落，叫一杯品质不是很好的清茶，就可以从俯视的角度看植物园的千花齐放，在风中翻转。那时感觉到连品质粗劣的清茶也好喝起来了，手中不管握的是什么书，总也有了书香。

有时会想，一杯茶、一卷书，还少了一炉香，如果有最好的水沉香，则人间可以无憾。有一次午后，突然悟到，如果能真正地进入莲花，则心中自有水沉香，还需要什么香呢？

这是远观，还不能真知道莲花之香。

去年秋天，我到南仁山去，借住南仁湖畔的养牛人家，牛户在竹林里种了一片莲花，有粉红与纯白两种。清晨时分，我借了竹筏撑到竹林外，系住，穿林过水走到湖岸，坐在湖边看莲花在晨光中开起。然后莲香自花苞中散出来，由于竹林的围绕，香气盘桓，久久都不逸去。

那是杳无人迹的地方，空气清甜、和风沉静、湖山明澈，有丝丝莲花的香味突然飘荡起来，可想而知是多么动人！我在草坡上坐了一个上午，感觉到连自己的呼吸都有了莲花的香味，惊奇地想：是不是人也可以坐成一株莲花呢？

怪不得在佛教里，莲花被当成第一供养，是供养佛菩萨最尊贵的花；又把人见到自性，譬喻成从污泥中开出不染的莲花；甚至用来比喻妙法正法，最伟大的一乘教化经典，名字就叫《妙法莲华经》……这些，在南仁湖的清晨，都使我切身地体会到了。如果不是莲花这样华果具多、华宝具足、华开莲现、华落莲成，一般俗花如何能比喻妙法呢？

佛经里说，莲花有四德：香、净、柔软、可爱。其香深奥悠远、其净出淤泥不染是我们都知道的，但莲花从花梗、花叶、花瓣都是非常柔软的，不小心珍惜，很容易断裂受损。这不也像我们的心一样，如果不细心护惜，一个人的心是很容易受伤的！但易于受伤的心，总比刚强不能调伏的心要好些。

至于可爱，我们有时会觉得兰花俗艳不堪、姜花野性难驯、玫瑰梦幻不实、百合过于吵闹，莲花却没有可挑剔的地方。一株莲花和一群莲花一样，都有宁静、清雅、尊贵、和谐的品质。这世上香花不美、美花不香颇令人感到遗憾，唯有莲花香美俱足，它的香令人清明，它的美使人谦卑。

这样尊贵的花，培植不易，以前的价钱非常昂贵，现在喜欢的人多，莲花也普及起来，一株莲花才十五元台币。如果与花店相熟，有时十元就能买到了。十元买到菩萨与自性最尊贵的供养，真是价廉物美。有时想想，人的佛性也是如此，因为普遍、人人都有，就忘失了它的尊贵。

或者不必供在案前，即使是在花市里、在莲花池，看看莲花，亲近其香，就觉得莲花与自己相应而有着无比的感动。

在晨曦中，看书案前的一盆莲花盛开，在上扬的沉香中，观想自己有莲花开放，或者甚至成为花里的一缕香，这时会想起《阿含经》中说的：莲花生在水中、长在水中、伸出水上，而不着于水。如来生于人间、长在人间、出于人间，而不执着人间的法。心里就震动起来，泫然欲泣，连眼角都有了水意，深信自己虽生于水，总有一天也能像莲花一样不着于水。

在污浊的人世，还能开着莲花，使我们能有清净与温柔的对待，真值得感恩，"一念心清净，处处莲花开；一花一净土，一土一如来。"愿我们在观莲花的时候，也能反观自己的莲花，在我们一念觉悟、一念慈悲、一念清净、一念柔软、一念芬芳、一念恩泽等等菩提心转动的时候，我们的莲花就穿出贪、嗔、痴、慢、疑、欲望的水面，在光明的晨光中开启了。

当我们像饱含甘露的莲花时，我们就会闻到从我们身体呼出来的最深的芳香！

柔软的时光

乌拉草的夕阳

为了看松花江上的雾凇，我们摸黑起床，从一片雪白的长春出发。

听说雾凇不容易看到，因为要各种因缘巧合，气温要刚刚好，使河面的水汽在触到树叶时结成冰珠；湿度也要刚刚好，够把河边的树叶濡湿；时间也要刚刚好，在黎明阳光初照时看见。阳光一旦露脸，雾凇立即化为汽，成为乌有。

坐了俩小时的车，抵达那传说最容易形成雾凇的江口，既无雾，亦无凇，只有冷冽的江水和孤寒的树，还有几间隐在地中的土屋。据说那是女真族发迹的地方，盖了一个小小的博物馆。

博物馆里最吸引我的，是一双兽皮做的皮鞋，里面密密地织了一层乌拉草。我的记忆里立刻跳出小学时背诵过的话："东北有三宝：人参、貂皮、乌拉草。"眼前的鞋子正是东北一宝乌拉草做的。

馆里的人说："别小看这乌拉草，女真（满族前身。——编者注）就是靠着小小的草建立了清朝，打下了江山。"

原来，这乌拉草产于溪谷岩石之中，颜色是碧绿色，微细得像头发一样，可以编成衣鞋，甚至被褥。它非常轻巧，又能保暖防湿，女真人穿着乌拉草做成的衣服、鞋子，在北方几乎攻无不克、战无不胜，最后成就了一个大帝国。

大帝国原来根源于一种小草！

这个想法，竟使我未见雾凇的遗憾，释怀了！

"现在还有乌拉草吗？"我问。

"到处都是乌拉草呀！但是现在制衣、制鞋这么发达，早就没有人穿乌拉草了，编乌拉草的技术也失传了！"馆里的人感叹地说。

作为东北一宝的乌拉草被除名了，有人说东北三宝的第三宝要改成天麻，有人说要改成鹿茸，但是韵脚对不上，恐难被人传诵了。

　　从松花江边回来，路过一个小小的城，名字就叫乌拉城。其实，"乌拉"二字在西域一点也不稀奇，乌拉是"部落"的直译，凡是东北的小城，都可以叫乌拉。

　　乌拉城两边形成一个市集，仔细看，竟然有卖阿迪达斯和耐克的摊子。哎呀！纵是女真人再起风云，穿着乌拉草的鞋子，恐怕也跑不过阿迪达斯了。

　　时代的流逝若比心的流逝还快，会令人感伤；心的流逝若比时代的流逝还快，则见大地苍茫。

　　我从口袋里面拿出刚刚在江边拔的一把乌拉草，感觉到丝丝暖意，仿佛探知了历史的一点消息。

拈
花
四
品

不与时花竞

诵帚禅师有一首写菊的诗：

篱菊数茎随上下，无心整理任他黄；
后先不与时花竞，自吐霜中一段香。

读这首诗使人有自由与谦下之感，仿佛是读到了自己的
心曲。不管这个世界如何对待我们，我只要吐出自己胸中的

香气，也就够了。

在台湾乡下，有时会看到野生的菊花，各种大小各种颜色的菊花，那也不是真正野生的，而是随意被插种在院子里。它们永远不会被剪枝或插瓶，只是自自然然地长大、开启与凋零。但它们不失去傲霜的本色，在寒冷的冬季，它们总可以冲破封冻，自尊地开出自己的颜色。

有一次在澎湖的无人岛上，看见整个岛已被天人菊所侵占，那遍满的小菊即使在海风中也活得那么盎然，没有一丝怨意，兴高采烈。怪不得历史上那么多诗人画家看到菊花时，都要感怀自己的身世。有时候，像野菊那样痛痛快快地活着竟也是一种奢求了。

"天人菊"，多么好的名字，是菊花中最尊贵的名字，但它是没有人要的开在角落的海风中的菊花。

最美的花往往和最美的人一样，很少人能看见，欣赏。

山野的春气

带孩子到土城和三峡中间的山中去，正好是春天。这是人迹稀少的山道，石阶上还留着昨夜留下的露水。在极静的山林中，仿佛能听见远处大汉溪的声音。

这时我们看见在林木底下有一些紫色的花，正张开花瓣在呼吸着晨间流动的空气。那是酢浆草花，是这世界上最平凡的花，但开在山中的风姿自是不同。它比一般所见的要大三倍，而且颜色清丽，没有丝毫尘埃。最奇特的是它的草茎，由于土地肥满，最短的茎约有一尺，最长的抽离地面竟达三尺多。

孩子看到酢浆草花神奇的美大为惊叹，我们便离开小路走进山间去，摘取遍生在山野相思树下的酢浆草花，轻轻一拈，一株长长的酢浆草花就被拉拔起来。

春天的酢浆草花开得真是繁盛。我们很快就采满一大束酢浆花，回到家插在花瓶里，好像把一整座山的美丽与春天全带了回来。连孩子都说："从来没有看过这样美的花。"

来访的朋友也全部被酢浆草花所惊艳，因为在我们的经验里几乎不能想象，一大束酢浆草花之美可以冠绝一切花，这真是"乱头粗服，不掩国色"了。

酢浆草花使我想起一位朋友的座右铭：在这个时代里，每个人都像百货公司的化妆品，你的定价能多高，你的价值就有多高。

紫蓝色之梦

在家乡附近有一个很优美的湖，湖水晶明清澈，在分散的几处，开着白色的莲花。我小时候，时常在清晨雾露未退时，跑去湖边看莲花。

有一天，不知从什么地方漂来一株矮小肥胖的植物，根、茎、叶子都是圆墩墩的。过不久再去看的时候，已经是几株结成一丛。家乡的老人说那是布袋莲，如果不立即清除，很快湖面就会被占满。

没想到在大家准备清除时，布袋莲竟开出一串串铃铛般的偏蓝带紫的花朵，我们都被那异样的美震住了。那些布袋莲有点像旅行中的异乡人，看不出它们有什么特殊，却带着谜样的异乡的风采。布袋莲以它美丽的花，保住了生命。

来自外地的布袋莲有着强烈繁衍的生命力，它们很快地占据了整个湖面，到最后甚至丢石头到湖里都丢不进去。这时，已经没有人有能力清除它们了。

当布袋莲全面开花时，仍然有慑人的美，使人如沉浸在紫蓝色的梦境。但大家都感到厌烦了，甚至期待着台风或大水把它冲走。

布袋莲带给我的启示是：美丽不可以嚣张，过度的美丽使人厌腻，如同百货公司的化妆品专柜一样。

马鞍藤与马蹄兰

马鞍藤是南部海边常见的植物，盛开的时候就像开大型运动会，比赛着似的。它的花介于牵牛花与番薯花之间，但比前两者花形更美、花朵更大，气势也更雄浑。

马鞍藤有着非常强盛的生命力，在海边的沙滩烈日暴晒、迎接海风，甚至灌溉海水都可以存活。有的根茎藏在沙中看起来已枯萎，第二年雨季来时，却又冒出芽来。

这又美又强盛的花，在海边，竟很少有人会欣赏。

另外，与马鞍藤背道而驰的是马蹄兰，马蹄兰的茎叶都很饱满，能开出纯白的仿若马蹄的花朵。它必须种在气温合适、多雨多水的田里，但又怕大风大雨，大雨一下会淋破它的花瓣，大风一吹又使它的肥茎摧折。

这两种花名有如兄弟感觉的花，却表现了完全相反的特质，当然，因为这种特质也有了不同的命运。马鞍藤被看成轻贱的花，顺着自然生长或凋落，绝没有人会采摘；马蹄兰则被看成珍贵的，被宝爱着，而它最大的用途是用在丧礼上，被看成无常的象征。

　　人生，有时像马鞍藤与马蹄兰一样，会陷入两难之境。不过现代人的选择越来越少，很少人能选择马鞍藤的生活，只好做温室的马蹄兰。

忘情花的滋味

院子里的昙花突然间开了，一共十八朵。

夜里，我打开院子里的灯，坐在幽暗的室内望向窗外，乳白色的昙花在灯下有一种难言的姿色，每一朵都是一幅春天的风景。

昙花是不能近看的，它适合远观。近看的昙花只是昙花，一种炫目的美丽。远观的昙花就不同了，它像是池里的睡莲在夜间醒来，一步一步走到人们的前庭后院，爬到昙花枝上，弯下腰，吐露出白色的芬芳。

第二天清晨，昙花全谢了，垂着低低的头。

我和妻子商量着，用什么方法吃那些凋谢的昙花。

我说，昙花炒猪肉是最鲜美的一道菜，是我小时候常吃的。妻子说，昙花属于涅槃科，是吃斋的，不能与猪肉同炒，应该熬冰糖，可以生津止咳，可以叫人宠辱皆忘。

后来我们把昙花熬了冰糖，在春天的夜里喝昙花茶有一种清香的滋味。喝进喉里，它的香气仿佛是来自天的远方，比起阳明山白云山庄的兰花茶毫不逊色——如果兰花是王者之香，昙花就是禅者之香，充满了遥远、幽渺、神秘的气味。

果然，妻子说，昙花的另一个名字叫"忘情花"。忘情就是"寂焉不动情，若遗忘之者"，也就是《晋书》中说的"圣人忘情"。

在缤纷灿烂的花世界里，"忘情花"不知是哪一位高人命名的，但他为昙花的一生下了一个批注。昙花好像是一个隐者，举世滔滔中，昙花固守了自己的情，将一生的精华在一夜间吐放。它美得那么鲜明，那么短暂。因为鲜明，所以动人；因为短暂，才教人难忘。当它死了之后，我们喝着用它煎熬成的昙花茶，对昙花，它是忘情了，对我们，却把昙花遗忘的情喝进腹中，在腹中慢慢地酝酿。

喝昙花茶，使我想起童年时代吃昙花的几种滋味。

小时候，家后院种了一片昙花，因为妈妈是爱看昙花的，而爸爸却是爱吃昙花的。据爸爸说，最好吃的昙花是在它盛开的时候，又香又脆。可是妈妈不许，她不准任何人在昙花盛放时吃昙花。因此，春天昙花开成一片白的时候，我们也只好在旁边坐守，看它仰起的头垂下才敢吃它。

爸爸吃昙花有好几种方法。

第一种方法是"昙花炒猪肉"，把切成细丝的昙花和肉丝丢进锅中，烈火一炒，就是一道令人垂涎的好菜。在这一道菜里，昙花的滋味像是雨后笋园中冒出来的香蕈，滑润、轻淡，入口即不能忘。

第二种方法是"昙花炖鸡"，将整朵的昙花—— 洗净，和鸡块同炖，放一点姜丝。这一道菜中，昙花的滋味有一点像香菇，汤是清的，捞起来的昙花还像活的一般。

第三种方法是"炸昙花饼"，把糖、面粉和鸡蛋打匀，把昙花粘满，放到油锅中炸成金黄色即可食。这一道菜中，昙花香脆达于极致，任何饼都无法比拟。

童年时在爸爸的调教下，我们每个兄弟几乎都成了"食花的怪客"。我们吃过的还不只是昙花，我们也吃过朱槿花、栀子花、银莲花、红睡莲、野姜花，以及百合花，我们还吃过寒芒花的嫩芽、鸡冠花的叶子、满天星的茎以及水笔仔的幼根，每种花都有不同的滋味。那时候年纪小，不知道"怜香惜玉"这一套，如今想起那些花魂，心中总是有一种罪过的感觉。

　　然而，食花真是有罪的吗？食了昙花真能忘情吗？

　　有一次读《本草纲目》，知道古人也食花，古人也食草。《本草纲目》中谈到萱草时，引了李九华的《延寿书》说：

　　嫩苗为蔬，食之动风，令人昏然如醉，因名忘忧。

　　如果萱草的"忘忧草"的名是因之而起，我倒愿为昙花是"忘情花"下一批注：

　　美花为蔬，食之忘情，令人淡然相忘，因名忘情。

　　"忘情花"的滋味是宜于联想的。

　　在我们的情感世界里，"忘情"几乎是不可能的境界，因为有爱就有纠结，有情就有牵缠。如何能在纠结与牵缠中拔出身来，走向空旷不凡的天地？那就要像"忘情花"一样，在短暂的时间里开得美丽，等凋萎了以后，把那些纠结与牵缠的情经过煎、炒、煮、炸的锻炼，然后一口一口吞入腹里，并将它埋到心底最深处，等到另一个开放的时刻。

　　每个人的情感都是有盛衰的，就像昙花，即使忘情，也有兴谢。我们不是圣人，不能忘情，再好的歌者也有恍惚而失曲的时候，再好的舞者也有乱节而忘形的时刻。我们是小小的凡人，不能有"爱到忘情近佛心"的境界，但是我们可以"藏情"，把完成过、失败过的情爱像一幅卷轴一样卷起来，放在心灵的角落里，让它沉潜，让它褪色。在岁月的足迹走过后再打开来，看自己在卷轴空白处的落款，以及还鲜明如昔的刻印。

我们落过款、烙过印，我们惜过玉、怜过香，这就够了。忘情又如何？无情又如何？

红砖道的风景

木棉树的叶子

为何一到春天都凋情了

独独留下满树的花

向天空伸手微笑

木棉树下有一条路

长长的思念落在路上

落在岁月的星空

无始无终

为何一到春天

木棉树的叶偏偏都殉情了

只留下一树的花

高高俯视人世的风景

夏天一到

挣扎着太多风景的果实

在空中痛苦地爆裂

纷纷飘飞殉情在更远的路上

已经殉情的叶子

却在枯枝上一寸一寸复活

矛盾的木棉树

叶殉情了花开

花殉情了叶活

不要为死的忧伤

要为重活的高兴

　　每到春末的时候，我最爱在台北的红砖道上散步，因为这个时节，木棉树开花了。它们仿佛抢报着一种什么讯息一样。随意走在仁爱路上、敦化南路上、罗斯福路上，每一株木棉树好像都是一只手掌，一直往上伸着。这每一只手掌远看好像相同，近观又有完全不同的风情，好像人的掌纹一样，每一条都相异。

难以形容自己为什么特别喜爱木棉树，也许是它和我过去三个阶段的生活有十分密切的关系。童年的时候，家不远处有一条旗尾溪，两岸夹道都是木棉树，我和弟弟喜欢坐在木棉树下向天空仰望。天是蓝的，花是橙红的，树枝是深褐色的，交织成一片有颜色、有风情的景象。有时我们走到对岸，望向这边的木棉树，挺挺的一排，好像站着等待检阅的士兵。这时我们特别能看出它的枝丫充满力量的美。

就这样，我们看木棉树看了好几年。

有一天，我们在旗尾溪钓鱼。刚好是雨后天晴，木棉树好像刚刚洗过澡，一尘不染，衬着刚刚形成的彩虹，那金橙色好像彩虹里的颜色。弟弟对我说："哥，我想要一朵木棉花。"

为了给弟弟摘木棉花，我缘着多刺的木棉树干，爬到木棉树的顶端，终于摘到一枝开得累累的、最美的木棉花，没想到一不小心踩断一根枝杆。我抱着多刺的木棉树滑落到地上，全身被划出几十道伤口，手里还紧紧抓着木棉花。弟弟看到我全身的血迹，惊吓得大哭起来。我安慰弟弟："不要哭，不要哭，不是摘到木棉花了吗？"我被木棉树刺破的伤口，在家里养了一个多月才复原，而摘回家的木棉早就凋萎了。

如今，弟弟已经是大学四年级的学生了。我每次检视在身上留了十几年的疤痕，总是想起木棉事件，以及关于木棉的温暖的童年记忆。

服役的时候我在装甲部队，也曾因木棉花误过事。有一次我们在野外演习，要通过分进点在某地集合。我指挥战车行过一片翠绿的禾田，忽然在田中央看见一棵高大的木棉花开得茂盛。金橙色的花开在晶碧的稻田上，在黄昏的暮色里美得像梦中的景色。我站在战车顶上不禁看得痴了。我停了战车去摘了一枝木棉花，结局是我们误了集合的时间，被罚扫一星期厕所。在扫厕所期间，我还时常想起那棵美丽大方的木棉树。

几年后，我在情感上遭遇到很大的挫折。那时我便常一个人到罗斯福路散步，思索着既往来兹，在不可抑制的激情中欣赏木棉树的风景。我看到清道夫每日清晨来打扫散落满地的木棉花，却常遗漏掉落在街角落的那几朵。我想到在情感上，再好的清道夫，总也扫不去隐在最角落的几朵花吧！

那一段散步的时间，使我非常仔细地看着满树绿叶的木棉，在几天内落尽了叶子，结出了花苞，花开、花谢，等到所有的叶与花全掉光了，以为那全是枯枝的木棉树会死去了，没几天又全放出绿芽。它几乎暗示了情感的生灭，也启示了命运变迁的途程，使我对未来的前路充满了希望。

木棉花是男性的花，坚实厚重，全身长满了刚硬的刺，充满了昂扬的姿势。但是，坚硬的外壳仍然掩不住岁月的生谢，问题是，谢了之后，殉情之后，如何在心的最内部重新复活呢？

我喜欢木棉花，不只因为它是男性的，也因为它是台北红砖道上最可看的风景。

花季与花祭

　　住在阳明山的朋友，在春天将过尽的时候，问我："今年怎么没有上山去看花？花季已经结束了，仅剩一些残花呢！"言下之意有惋惜之情。

　　往年春天，我总会有一两次到阳明山去，或者去看花，或者去朋友家喝刚出炉的春茶，或者到白云山庄去饮沁人的兰花茶，或者到永明寺的庭院冥想，或者到妙德兰若去俯视台北被浓烟灰云密蔽的万丈红尘。

　　当然，在花季里，主要的是看花了。每当在春气景明看到郁郁黄花、青青翠竹，洗过如蒸汽洗涤的温泉水，再回到红尘滚滚的城市，就会有一种深刻的感慨，仿佛花季是浊世与净土的界限，只要一不小心就要沦入江湖了。

看完阳明山的花，那样繁盛、那样无忌、那样丰美，正是在人世灰黑的图画中抹过一道七彩霓虹，我们下山之时，觉得尘世的烦琐与苦厄也能安忍地度过了。

阳明山每年的花季，对许多人来说是一场朝圣之旅，不只向外歌颂大化之美，也是在向内寻找被逐渐淹没的心灵圣殿，企图拨开迷雾，看自己内心那朵枯萎中的花朵。花季的赶集因此成形，是以外在之花勾起心灵之花，以阳春的喜悦来抚平生活的苦恼，以七彩的色泽来弥补灰白的人生。

每年花季，我带着这样的心情上山，深感人世里每年花季，都是一种应该珍惜的奢侈，因而就宝爱着每一朵盛开或将开的花，走在山林之间，步子也就格外轻盈。呀！一年之中若是没有一些纯然看花的日子，生命就会错失自然送给我们的珍贵礼物。

可叹的是，二十年来赶花季的人，年年倍数增加，车子塞住了，在花季上山甚至成了艰难痛苦的事。好不容易颠踬上山，人比花多，人声比鸟声更喧闹，有时几乎怀疑是站在人潮汹涌的忠孝东路。恶声恶状的计程车司机，来回阻拦的小贩，围在公园里唱卡拉OK的青年，满地的铝罐与饮料瓶……都会使游春赏花的心情霎时黯淡。

更令人吃惊的是，有时赏花到一半，突然冒出一棵树枝尽被折去，只余树顶三两朵残花的枯树。我一直苦思那花枝的下落而不可得。有一次在饶河街夜市看人卖梅花才知道了，大枝五十元，小枝三十元。卖的人信誓旦旦地说是阳明山上剪下来出售的。

美好心情的失去，也使我失去今年赏花的兴致。

住在山上的朋友则最怕花季。每年花季，上班与回家都成为人生的痛苦折磨，他说："下了山，怕回家；上了山，就不敢出来了。真是痛恨什么鬼花季呀！"因为花季，使住在花园的人不敢回家；因为花季，使真正爱花的人不敢上山赏花；因为花季，纯美的花成为庸俗人的庸俗祭品。真是可哀！

我想到，今年也差不多是花季的时候，我到美浓的"黄蝶翠谷"去看黄蝶，盘桓终日，竟连最小的一只黄蝶也未曾看见，只看到路边卖烤小鸟与香肠的小贩，甚至也有卖野生动物与蝴蝶标本的。翠谷里，则是满谷的人在捉鱼、捞虾、烤肉……翠谷不再翠绿了，黄蝶已经渺茫了，只留下一个感叹的无限悲哀的名字"黄蝶翠谷"。

陪我同去的哥哥说，这翠谷即将建成水库，水库一建，更不可能有黄蝶了。附近美丽的双溪公园和高大的南洋杉都会被淹没，来这里的人多少是抱着一种朝圣的心情，好像寺庙将拆，大伙儿相约来烧最后的一炷晚香。

我的晚香就是我悲凉的心情。我用无奈的火苗点燃叫作惋惜、遗憾、心痛的三炷晚香，匆匆插在溪谷之中，预先悼念黄蝶的消失，就沉默地离开了。

花是前生的蝶，蝶是今生的花，它们相约在春天，一起寻访生命的记忆。蝶与花看起来是多么相似，一只蝶专注地吸食花蜜时，比花更艳静得像花；一朵花在晨风中摇动时，比蝶更翻飞得像蝶。因此，阳明山的花季和美浓溪谷的黄蝶，引起我的感伤也十分近似。

蝶的诞生、花的开放，其实是一种最好的示现，示现了人生的美丽的确短暂，在我们生命中，一切的美丽真的只是一瞥。一眨眼间，黄蝶飘零，春花萎落，这是人生的无常，也是宇宙的无常。花季正是花祭，蝶生旋即蝶灭，只是赏花看蝶的人很少做这样的深思，因此很少人是庄子。

失去了蝶的溪谷还有生机吗？

落了花的山林是不是一样美丽呢？

在如流如云的人生，在如雾如电的生活，偶然的一瞥是不是惊动我们的心灵呢？

我们不能深思，不能观照，因而在寻花觅蝶的过程中，心总是霸道的。我们既不怜香，也不能惜蝶，只是在人生中匆匆赶集，走着无明刚强的道路。蝶飞走的时候，再也没有人去溪谷，花凋零的时刻，再也无人上山了。

好不容易花季终于结束，梅雨季节正要来临，我决定找一个清晨到阳明山去。

"过两天我上山去看花祭。"我对朋友说。

"可是，花季已经结束了呀！"朋友说。

我说："花祭，是祭奠的祭，不是季节的季。"

"喔！喔！"

心里常有花季的人，什么时候都是很好的。即使花都谢落，也有可观之处。

心里常有彩蝶的人，任何时候都充满颜色，有飞翔之姿。

"花都谢了，还有什么可看的呢？"朋友疑惑地说。

"看无常啊！"

无常，才是花开花谢，蝶生蝶灭最惊人的预示！

无常，也才是人世、山林、浊世、净土中最真实的风景。

第六辑

阳春世界

阳春面其实不只是一碗面，我们这一代的人都是从那个阳春世界里走过来的。阳春世界不见得是好的世界，但却是一个干净、素朴、有着人间暖意的世界。

珠玉枇杷

到南投乡间的灵源山寺去拜见妙莲老和尚，已经干旱了数月的中部，在这一天突然大雨滂沱。许多人家都把家里的塑胶桶子搬到庭院外面来承接雨水，这样的惜福画面已经许久没有看见了。

车子在泥泞的山路间转了半天，司机说再也上不去了，我们于是下车在雨中步行。雄浑的寺院在山的顶端，沿路可以俯望雾气山风中的梯田，春耕后的稻子正欢欣地抬头看满天的绵绵之雨。

我想到今天天未亮就被朋友唤醒，他说："我们一起去看一位非常伟大的法师。"

他讲的法师正是妙莲老和尚。妙老从前住在香港，曾经闭关长达二十几年，因此大多数人往往只闻其名，未能亲仰他的风采。一个人有二十余年的时间闭住在关里，而竟然盛名满天下，得到中外人士的景仰，这也算是一个神奇的事吧！

妙莲老和尚最神奇的还不在此，他曾修习净土法门的"般舟三昧"多达十几次。"般舟三昧"是很难的修行方法，每修一次要九十天，在这九十天中，要二十四小时保持在念佛奔行的状态，不能有一丝昏沉。在关房中横挂着一条绳子，行香念佛累到不能支持时，只能在绳上稍微依靠。像这种想象中只有古人在修行的法门，没想到今日仍有人修，而且连修十几次。

我曾访问过台北十方禅林的住持从智法师，从智师父曾修过四次"般舟三昧"。他说到修"般舟三昧"时的经过，九十天不眠不休，到最后连绳子也不敢靠，因为一靠便倒，只好用绳子把自己的双手绑着挂在墙上。即使是如此，身体犹一直往下坠去。听得我心弦震动，久久难已。

从智师父说："很可惜一直没有修成功，应该一天二十四小时都保持清明，可是我最多只能保持二十二小时的清明，另外有两小时总是破不了。"

"师父，什么叫般舟三昧的成功？"我说。

他说："成功就是破了一切执着，达到无人相、我相、寿者相、众生相。"

从智法师经常说的一句话是："修行是骗不了人的。即使不开口，也知道有没有。"

这两位修行"般舟三昧"的师父都是我所崇敬的，他们使我们在茫茫的人世中闻到了修行者的消息，好像在山林间的危壁上看见一株纯净的百合花开放，香气在四周流荡。

南投的灵源山寺风景秀丽、规模宏伟，是妙莲老和尚回台四年多以来的道场。他在香港潜心苦修后选择台湾作为弘法常住之地，这里面除了深刻的悲心，也可以见到台湾的因缘殊胜，福报广大。

妙莲老和尚很亲切地与我们晤面，做了一些关于修行的开示，他说：

"要时常维持心、口、意的清净，尤其要守口戒，不要对人出恶言。""愿力与业力就像跷跷板的两边，业重并不可怕，愿力加重、福德加厚，业就浮起来了。当然要仰仗佛力，多念佛拜佛。""皈依与学佛并不是在找一个新的家，而是像久别家乡的浪子回家一样。""不要去压制心念，而是要放下心念。""所有世间的一切相都是虚妄的，能放下就是最好的修行。""老实念佛呀！"

　　他浓重的苏州口音并不难懂，他说的话也都平常简易，但由于慈悲的关系，使我感到在最平常的话里有极深刻的力量。

　　离开灵源山寺已近黄昏。雨势全停，笼罩在四野山上的山风，正一丝丝地在晴空中飞扬到更高的地方，久旱得到雨水的农人纷纷走到梯田的田埂。站在山上，我看不见农人的表情，却能感觉到他们的欣喜之情。

　　半路上，我下车在路旁小店买了两串南投特有的红香蕉，还有一串刚从树上采来的新鲜枇杷。香蕉是内敛的枣红色，枇杷则是阳光一样的金黄，用绳子挂在店门口，看了就令人感动。

　　今天晨起，把两根红香蕉和十个枇杷摆在白色瓷盘上，剥了当早餐，芳香浓郁。想到昨天去见妙莲老和尚一日的奔波，觉得吃香蕉与枇杷也是非常幸福，宛如在净土无异。吃完枇杷时就决定把这段因缘，这样笔记下来。

林边莲雾

到南部演讲，一位计程车司机来看我，送我一袋莲雾。

他说："这莲雾不同于一般莲雾，你一定会喜欢的。"

"这莲雾有什么不同吗？"我把莲雾拿起来端详，发现它的个儿比一般的莲雾小一点，颜色较深，有些接近枣红。

"这是林边的莲雾，是我家乡的莲雾呀！"他说。

"林边不是生产海鲜吗？什么时候也出产莲雾呢？"我看着眼前这位出生于海边，而在城市里谋生的青年。他还带着极强的纯朴勇毅的乡村气息。

青年告诉我，林边的海鲜很有名，但它的莲雾也很有名，只可惜产量少，只有下港人才知道，不太可能运送到北部。

加上林边莲雾长得不起眼，黑黑小小的，如果不知味的人，也不会知道它的珍贵。

来自林边的青年拿起一个他家乡的莲雾，在胸前衬衫上来回擦了几下，莲雾的光泽便显露出来，然后他递给我，叫我当场吃下。

"要不要洗一下？"我说。

"免啦，海边的莲雾很少洒农药。"

我们便在南方旅店里吃起林边莲雾了。果然，这莲雾与一般的不同，它结实香脆、水分较少，比一般莲雾甜得多，一点也吃不出来是种在海边的咸地上。我把吃莲雾的感想告诉了青年，他非常开心地笑起来，说："我就知道你会喜欢，今天我出门要来听你的演讲，对我太太说想送一袋莲雾给你，她还骂我神经，说：'莲雾也不是什么贵重的东西！'我就说了：'心意是最贵重的，这一点林先生一定会懂！'"

我听了，心弦被震了一下，我说："即使不是林边莲雾，我也会喜欢的。"

"那可不同，其他莲雾怎么可以和林边的相比！"他理直气壮地说道。

我也学他的样子，拿一个莲雾在胸前搓搓，就请他吃了。我们两人就那样大嚼林边莲雾，甚至忘记了这是他带来的礼物，或是我在请他吃。

话题还是林边莲雾，我说："很奇怪，林边靠着海岸，怎么可能生出这样好吃的莲雾？"

"因为林边的地是咸的，海风也是咸的，莲雾树吸收了这些盐分，所以就特别香甜了。"他说。

"既然吸收的是盐分，怎么会变香甜呢？"

"它是一种转化呀！海边水果都有这种能力，像种在海岸的西瓜、香瓜、番茄，都比别地方的香甜，只可惜长得不够大，不被重视。也可以说是一种对比，就像我们吃水果，再不甜的水果只要蘸盐吃，感觉也会甜一些。"这一段话真是听得我目瞪口呆，从盐分变成香甜，感觉上是那样的自然。

看我有点发怔，青年说："这很容易懂的，就像如果我们拿糖做肥料，种出来的不一定甜。前一阵子不是有些农人在西瓜藤上打糖精吗？那打了糖精的西瓜说多难吃，就有多难吃！"

在那一刻，我感觉眼前的林边青年，就是一位哲学家。后来，他告辞了，我独自坐在旅舍里看着窗外黯淡的大地，吃枣红色的林边莲雾，感受到一种难以言说的滋味。感念这青年开老远的车，送我如此珍贵的礼物，也感念他给我的深刻启发。

在生命里确实是这样的，有时我们是站在咸地上，有时还会被咸风吹拂，这是无可奈何的景况。不过，如果我们懂得转化、对比，在逆境中或者可以结出更香脆甜美的果实。

这样想来，林边莲雾是值得欢喜赞叹的。它有深刻的生命力，因而我吃它的时候，也不禁有庄严的心情。

山樱桃

夏日虽然闷热，在温差较大的南台湾，凉爽的早晨、有风的黄昏、宁静的深夜，感觉就像是小小的春天。

清晨的时候沿山径散步，看到经过一夜清凉的睡眠，又被露珠做了晨浴的各种小花都醒过来微笑，感觉到那很像自己清晨无忧恼的心情。偶尔看见变种的野茉莉和山牵牛花开出几株彩色的花，竟仿佛自己的胸腔被写满诗句，随呼吸在草地上落了一地。

黄昏时分，我常带孩子去摘果子，在古山顶有一种叫作"山樱桃"的树，春天开满白花，夏日结满红艳的果子，大小与颜色都与樱桃一般，滋味如蜜还胜过樱桃。

这些山樱桃树在古山顶从日据时代就有了，我们不知道它的中文名字，甚至没有闽南语。从小，我们都叫它莎古蓝波（Sa-Ku-Lan-Bo），是我最爱吃的野果子。它在甜蜜中还有微微的芳香，相信是做果酱极好的材料。虽然盛产时的山樱桃，每隔三天就可以采到一篮，但我从未做过果酱，因为"生吃都不够，哪有可以晒干的"。

当我在黄昏对几个孩子说"我们去采莎古蓝波"的时候，大家都立刻感受着一种欢愉的情绪，好像"莎古蓝波"这几个字的节奏有什么魔法一样。

我们边游戏边采食山樱桃，吃到都不想吃的时候，就把新采的山樱桃放在胭脂树或姑婆芋的叶子里包回家，打开来请妈妈吃。她看到绿叶里有嫩黄、粉红、橙红、艳红的山樱桃果子，欢喜地说："真是美得不知道怎么来吃呢。"

她总是浅尝几粒，就拿去冰镇。

夜里天气凉下来了，我们全家人就吃着冰镇的山樱桃，每一口都十分甜蜜。电视里还在演《戏说乾隆》，哥哥的小孩突然开口："就是皇帝也吃不到这么好的莎古蓝波呀！"

大家都笑了，我想，很单纯，也可以有很深刻的幸福。

青莲雾

很单纯，也可以有很深刻的幸福。当我们去采青莲雾的小路上，想到童年吃青莲雾的滋味，我就有这样的心情。

青莲雾种在小镇中学的围墙旁边，这莲雾的品种相信已经快灭绝了。当我听说中学附近有青莲雾没人要吃，落了满地的时候，就兴冲冲带三个孩子，穿过蕉园小径到中学去。

果然，整个围墙外面落了满地的青莲雾，莲雾树种在校园内，校门因为暑假被锁住了。

我们敲了半天门，一个老工友来开门，问我们："来干什么？"

我说："我们想来采青莲雾，不知道可不可以？"

他露出一种兴奋的、难以置信的表情打量我们，然后开怀地笑说："行呀。行呀。"他告诉我，这一整排青莲雾，因为滋味酸涩，连中学生都没有一点采摘的兴趣。他说："回去，用一点盐、一点糖腌渍起来，是很好吃的。"

我们爬上莲雾树，老校工在树下比我们兴奋，一直说："这边比较多。""那里有几个好大。"看他兴奋的样子，我想大概有好多年，没有人来采这些莲雾了。

采了大约二十斤的莲雾，回家还是黄昏，沿路咀嚼青莲雾，虽然酸涩，却有很强烈的莲雾特有的香气。想起我读小学时曾为了采青莲雾，从两层楼高的树上跌下来，那时觉得青莲雾又甜又香，真是好吃。

经过三十年的改良，我们吃的莲雾，从青莲雾到红莲雾，再到黑珍珠，甜度不高的青莲雾就被淘汰了。

为什么我也觉得青莲雾没有以前的好吃呢？原因可能是嘴刁了，是水果不断改良的结果，我们的野心欲望增强，不能习惯原始的水果；（土生的芭乐、杧果、阳桃、桃李不都是相同的命运吗？）另一个原因是在记忆河流的彼端，经过美化，连从前的酸莲雾也变甜了。

家里的人也都不喜吃青莲雾，我想了一个方法，把它放在果汁机里打成莲雾汁，加很多很多糖，直到酸涩完全隐没为止。

青莲雾汁是翠玉的颜色，我也是第一次喝到。加糖、冰镇，在汗流浃背的夏日，喝到的人都说："真好喝呀，再来一杯。"

夜里，我站在屋檐下乘凉。想到童年、青少年时代，其实有许多事都像青莲雾一样的酸涩，只是面目逐渐模糊，像被打成果汁，因为不断地加糖，那酸涩隐去，然后我们喝的时候就自言自语地说："真好喝呀，再来一杯。"

只是偶尔思及心灵深处那最创痛的部分，有如被人以刀刺入内心，疤痕鲜明如昔，心痛也那么清晰。"或者，可能，我加的糖还不够多吧。下次再多加一匙，看看怎么样？"我这样想。

回忆虽然可以加糖，感受的颜色却不改变，记忆的实相也不会翻转。

就像涉水过河的人，在到达彼岸的时候，此岸的经验与河面的汹涌仍然是历历在心头。

野木瓜

姐姐每天回家的时候，都会顺手带几个木瓜来。原因是她住处附近正好有亲戚的木瓜田，大部分已经熟透在树上，落了满地。她路过时觉得可惜，每次总是摘几个。

"为什么他们都不肯摘呢？"我问。

"因为连请人采收都不够工钱，只好让它烂掉了。"

"木瓜不是一斤二十五块吗？台北有时卖到三十块。"我说。

在一旁的哥哥说："那是卖到台北的价钱，在产地卖给收购的人，一斤三五块就不错了。"哥哥在乡下职校教书，白天教的学生都是农民子弟，夜里教的是农民，对农业有很独到的了解。

"正好今天我的一位同学问我：'你认为世界上最可怜的人是什么人？'我毫不考虑地说：'是农人。'"

"农人为什么最可怜呢？"哥哥继续发表高见，"因为农作物最好的时候，他们赚的不过是多一两块，农作物最差的时候，却凄惨落魄，有时不但赚不到一毛钱，还会赔得倾家荡产。农会呢？大卖小卖的商人呢？好的时候赚死了，坏的时候双脚缩起来，一毛钱也赔不到。"

问哥哥"世界上最可怜的人是什么人？"的那位先生正好是老师兼农民。今年种三甲地的杧果，采收以后结算一共赚了三千元。一甲地才赚一千，他为此而到处诉苦。

哥哥说："一甲地赚一千已经不错，在台湾做农民如果不赔钱，就应该谢天谢地拜祖先了呀。"

不采摘的木瓜很快就会腐烂，多么可惜。也是黄昏时分，我带孩子去采木瓜，想把最熟的做木瓜牛奶，正好熟的切片，青木瓜拿来泡茶。

采木瓜给我带来心情的矛盾。当青菜水果很便宜，多到没人要的时候，我们虽然用很少的钱可以买很多，往往这时候，也表示我们的农民处在生活黑暗的深渊，使生长在农家的我，忍不住有一种悲情。

正这样想着，孩子突然对我说："爸爸，你觉不觉得住在旗山很好？”

"怎么说？”

"因为像木瓜、杧果、莲雾、山樱桃都是免费的呀。”孩子
的这句话有如撞钟，使我的心嗡嗡作响。

夜里，把青木瓜头切开，去籽，塞进上好的冻顶乌龙茶，冲
了茶，倒出来，乌龙茶中有木瓜的甜味与芳香。这是在乡下新学
会的泡茶法，听说可以治百病。百病不知能不能治，但今天黄昏
时的热恼倒是治好了。

生命中虽有许多苦难，我们也要学会好好活在眼前，止息热
恼的心，不做无谓的心灵投射。喝木瓜茶，我觉得茶也很好，木
瓜也很好。

燠热的夏日其实也很好，每一朵紫茉莉开放时，都有夏天夕
阳的芳香。

柔
软
的
时
光

几天前，我路过一座市场，看到一位老人蹲在街边，他的膝前摆了六条红薯。那红薯铺在面粉袋上，由于是紫红色的，令人感到特别美。

老人用沙哑的声音说："这红薯又叫山药，在山顶掘的，炖排骨很补，煮汤也可清血。"

我小时候常吃红薯，就走过去和老人聊天。原来老人住在坪林的山上，每天到山林间去掘红薯，然后搭客运车到城市的市场叫卖。老人的红薯一斤卖四十元，我说："很贵呀！"

老人说："一点也不贵，现在红薯很少了，有时要到很深的山里才找得到。"

我想到从前物质匮乏的时候，我们也常到山上去掘野生的红薯。以前在乡下，红薯是粗贱的食物，没想到现在竟是城市里的珍品了。

买了一个红薯，足足有五斤半重，老人笑着说："这红薯长到这样大要三、四年时间呢！"老人哪里知道，我买红薯是在买一些失去的回忆。

提着红薯回家的路上，我看到许多人排队在一个摊子前等候，好奇地走上前去，才知道他们是在排队买"番薯糕"。

番薯糕是把番薯煮熟了，捣烂成泥，拌一些盐巴，捏成一团，放在锅子上煎，两面金黄，内部松软，是我童年常吃的食物。没想到台北最热闹的市集，竟有人卖，还要排队购买。

我童年的时候家里非常贫困，几乎每天都要吃番薯，母亲怕我们吃腻，把普通的番薯变来变去。有几样番薯食品至今仍然令我印象深刻，一个就是"番薯糕"，看母亲把一块块热腾腾的、金黄色的番薯糕放在陶盘上端出来，我至今仍然怀念不已。

另一种是番薯饼，母亲把番薯弄成签，裹上面粉与鸡蛋调成的泥，放在油锅中炸，也是炸到通体金黄时捞上来。我们常在午后吃这道点心，孩子们围着大灶等候，一捞上来，边吃边吹气，还常烫了舌头，母亲总是笑骂："夭鬼！"

还有一种是在消夜时吃的，是把番薯切成丁，煮甜汤，有时放红豆，有时放凤梨，有时放点龙眼干。夏夜时，我们总在庭前晒谷场围着大人听故事，每人手里一碗番薯汤。

那样的时代，想起来虽然辛酸，却有一种难以言说的幸福。我父亲生前谈到那段时间的物质生活，常用一句话形容："一粒田螺煮九碗公汤！"

今天随人排队买一块十元的番薯糕，特别使我感念为了让我们喜欢吃番薯，母亲用了多少苦心。

卖番薯糕的人是一位少妇，说是来自宜兰乡下，先生在台北谋生，为了贴补家用，想出来做点小生意。不知道要卖什么，突然想起小时候常吃的番薯糕，在糕里多调了鸡蛋和奶油，就在市场里卖起来了。她每天只卖两小时，天天供不应求。

我想，来买番薯糕的人当然有好奇的，大部分基于怀念，吃的时候，整个童年都会从乱哄哄的市场，寂静地浮现出来吧！

番薯糕的隔壁是一位提着大水桶卖野姜花的老妇。她站的位置刚好，使野姜花的香正好与番薯糕的香交织成一张网，我则陷入那美好的网中，看到童年乡野中野姜花那纯净的秋天！

这使我想起不久前，朋友请我到福华饭店去吃台菜。饭后叫了两个甜点，一个是芋仔饼，一个是炸香蕉，都是我童年常吃的食物。当年吃这些东西是由于芋头或香蕉生产过剩，根本卖不出去，母亲想法子让我们多消耗一些，免得暴殄天物。

没想到这两样食物现在成为五星级大饭店里的招牌甜点，价钱还颇不便宜。吃炸香蕉的人大概不会想到，一盘炸香蕉的价钱在乡下可以买到半车香蕉吧！

时代真是变了。时代的改变，使我们检证出许多事物的珍贵或卑贱、美好或丑陋只是心的觉受而已，它并没有一个固定的面目。心如果不流转，事物的流转并不会使我们失去对生命价值的思考；而心如果浮动，时代一变，价值观就变了。

圆悟克勤禅师去拜见真觉禅师时，真觉禅师正在生大病，膀子上生疮，疮烂了，血水一直流下来。圆悟去见他，他指着膀上流下的脓血说："此曹溪一滴法乳。"

圆悟大疑，因为在他的心中认定，得道的人应该是平安无事、欢喜自在的。为什么这个师父不但没有平安，反而指说脓血是祖师的法乳呢？于是说："师父，佛法是这样的吗？"真觉一句话也不说，圆悟只好离开。

后来，圆悟参访了许多当代的大修行者，虽然每个师父都说他是大根利器，但他自己知道并没有开悟。最后拜在五祖法演的门下，把平生所学的都拿来请教五祖，五祖都不给他印可，他愤愤不平，背弃了五祖。

他要走的时候，五祖对他说："待你着一顿热病打时，方思量我在！"

满怀不平的圆悟到了金山，染上伤寒大病，把生平所学的东西全拿出来抵抗病痛，没有一样有用的。因此在病榻上感慨地发誓："我的病如果稍微好了，一定立刻回到五祖门下！"这时的圆悟才算真实地知道，为什么真觉禅师把脓血说成是法乳了。

圆悟后来在五祖座下，有一次听到一位居士来向师父问道，五祖对他说："唐人有两句小艳诗与道相近：频呼小玉原无事，只要檀郎认得声。"居士有悟，五祖便说："这里面还要仔细参。"

圆悟后来问师父说："那居士就这样悟了吗？"

五祖说："他只是认得声而已！"

圆悟说："既然说'只要檀郎认得声'，他已经认得声了，为什么还不是呢？"

五祖大声地说："如何是祖师西来意？庭前柏树子！去！"

圆悟心中有所省悟，突然走出，看见一只鸡飞上栏杆，鼓翅而鸣，他自问道："这岂不是声吗？"

于是大悟，写了一首偈：

金鸭香销锦绣帷，笙歌丛里醉扶归。

少年一段风流事，只许佳人独自知。

我很喜欢这个故事，特别是真觉对圆悟说自己的脓血就是曹溪的法乳，还有后来"见鸡飞上栏杆，鼓翅而鸣"的悟道。那是告诉我们，真实的智慧是来自平常的生活，是心海的一种体现，如果能听闻到心海的消息，一切都是道。番薯糕或者炸香蕉，在童年穷困的生活中与五星级大饭店的台面上，都是值得深思的。

圆悟曾说过一段话，我每次读了，都感到自己是多么地庄严而雄浑，他说：

> 山头鼓浪，井底扬尘，
>
> 眼听似震雷霆，耳观如张锦绣，
>
> 三百六十骨节，一一现无边妙身；
>
> 八万四千毛端，头头彰宝王刹海，
>
> 不是神通妙用，亦非法尔如然；
>
> 苟能千眼顿开，直是十方坐断。

心海辽阔广大，来自心海的消息是没有五官，甚至是无形无相的。用眼睛来听，以耳朵观照，在每一个骨节、每一个毛孔中都有庄严的宝殿呀！

夜里，我把紫红色的红薯煮来吃，红薯煮熟的质感很像汤圆，又软又Q。想起很久很久以前在晒着谷子的庭院吃红薯汤，突然看见一只鸡飞上栏杆，鼓翅而鸣。

呀！这世界犹如少女呼叫情郎的声音那样温柔甜蜜，来自心海的消息看这现成的一切，无不显得那样地珍贵、纯净，而庄严！

阳春世界

　　高中的时候，我就读台南海边的一所学校。

　　那学校是以无情地管教学生而著名，并且规定外地来的学生一律要住校，我因此被强迫住在学校宿舍。学校里规定，熄灯后不准走出校门，否则记小过一个。

　　说来好笑，我高中被记了好几个过，最后被留校察看，随时准备退学，原因竟是：熄灯后翻墙外出，屡劝不听。译成白话，用我的立场说：是学校伙食太差，时常半夜溜出去吃阳春面，不小心被捉到。

　　吃阳春面吃到小过连连，差点退学，这也是天下奇闻。

学校围墙外有一个北方来的退伍军人，开了一家小小的面馆。他的面条做得异常结实，好像把许多力气揉了进去，非常有滋味。并且他爱说北方的风沙往事，使我们往往宁可冒着被记过的危险，去吃他的阳春面。

　　那时候没有学生吃得起带肉的面，只能吃阳春面。面里浮着几星油丝，三四叶白菜，七八粒葱花，真是纯净一如阳春，但可以吃出面中的麦香，回味无穷。偶尔口袋里多了几文钱，就叫一块兰花干放在面上，觉得世界上再没有更幸福的日子了。

　　我如今一想到"阳春面加兰花干"，觉得这个名字非常之美，它的美是素朴的，诗意的，带一点生活平常的香气。但在那时，我们一开口说："老板，一碗阳春面，放一块兰花干。"口水就已经流了满腮。

　　我对高中时代没有什么留念，却时常想起校外的阳春面，和卖面的北方老板，甚至他的脸容、语音以及面碗的颜色和形状，都还在眼前。

　　这些年，不容易吃到好的阳春面，也很少人吃阳春面了。有一次我在桃源街叫一碗阳春面，老板上下打量我半天，叹一口气说："我已经有五年多没有卖过一碗阳春面了呀！"最后，他边煮我的阳春面，边诉说着现代的人多么浮华，没有牛肉、排骨、猪脚已经吃不下一碗面。他的结论是："再过几年，有很多孩子可能不知道阳春面是什么东西了。"

　　阳春面其实不只是一碗面，我们这一代的人都是从那个阳春世界里走过来的。阳春世界不见得是好的世界，但却是一个干净、素朴、有着人间暖意的世界。

　　其实，就在高中时代，我早已坚信，人即使只有吃阳春面的物质条件，便可过得尊严而又幸福了。

木鱼馄饨

深夜到临沂街去访友，偶然在巷子里遇见多年前旧识的卖馄饨的老人。他开朗依旧，风趣依旧，虽然抵不过岁月风霜而有一点佝偻了。

四年多以前，我客居在临沂街，夜里时常工作到很晚。每天凌晨一点半左右，一阵清越的木鱼声，总是响进我临街的窗口。那木鱼的声音非常准时，天天都在凌晨的时间敲响，即使在风雨来时，也不间断。

刚开始的时候，木鱼声带给我一种神秘的感觉，往往令我停止工作，出神地望着窗外的长空，心里不断地想着：这深夜的木鱼声，到底是谁敲起的？它又象征了什么意义？难道有人每天凌晨一时在我住处附近念经吗？

在民间，过去曾有敲木鱼为人报晓的僧侣。每日黎明将晓，他们就穿着袈裟草鞋，在街巷里穿梭，手里端着木鱼滴滴笃笃地敲出低沉但雄长的声音，一来叫人省睡，珍惜光阴；二来叫人在心神最为清明的五更起来读经念佛，以求精神的净化；三来僧侣借木鱼报晓来布施化缘，得些斋衬钱。我一直觉得这种敲木鱼报佛音的事情，是中国佛教与民间生活相契的一种极好的佐证。

但是，我对于这种失传于闾巷很久的传统，却出现在台北的临沂街感到迷惑。因而每当夜里在小楼上听到木鱼敲响，我都按捺不住去一探究竟的冲动。

冬季里有一天，天空中落着无力的飘闪的小雨，我正读着一册印刷极为精美的《金刚经》，读到最后"一切有为法，如梦幻泡影，如露亦如电，应作如是观"一段，木鱼声恰好从远处的巷口传来，格外使人觉得昊天无极。我披衣坐起，撑着一把伞，决心去找木鱼声音的来处。

那木鱼敲得十分沉重着力，从满天的雨丝里穿扬开来，它敲敲停停，忽远忽近，完全不像是寺庙里读经时急落的木鱼。我追踪着声音的轨迹，匆匆穿过巷子，远远的，看到一个披着宽大布衣，戴着毡帽的小老头子。他推着一辆老旧的摊车，正摇摇摆摆地从巷子那一头走来。摊车上挂着一盏四十烛光的灯泡，随着道路的颠簸，在微雨的暗道里飘摇。一直迷惑我的木鱼声，就是那位老头所敲出来的。

一走近，才知道那只不过是一个寻常卖馄饨的摊子。我问老人为什么选择了木鱼的敲奏，他的回答竟是十分简单，他说："喜欢吃我的馄饨的老顾客，一听到我的木鱼声，他们就会跑出来买馄饨了。"我不禁哑然，原来木鱼在他，就像乡下卖豆花的人摇动的铃铛，或者是卖冰水的小贩手中吸引小孩的喇叭，只是一种再也简单不过的信号。

是我自己把木鱼联想得太远了，其实它有时候仅仅是一种劳苦生活的工具。老人也看出了我的失望，他说："先生，你吃一碗我的馄饨吧，完全是用精肉做成的，不加一点葱菜，连大饭店的厨师都爱吃我的馄饨呢。"我于是丢弃了自己对木鱼的魔障，撑着伞，站立在一座红门前，就着老人摊子上的小灯，吃了一碗馄饨。在风雨中，我品出了老人的馄饨，确是人间的美味，不下于他手中敲的木鱼。

后来，我也慢慢成为老人忠实的顾客，每天工作到凌晨，远远听到他的木鱼，就在巷口里候他。吃完一碗馄饨，才继续我未完的工作。

和老人熟了以后，才知他选择木鱼作为馄饨的讯号有他独特的匠心。他说因为他的生意在深夜，实在想不出一种可以让远近都听闻而不至于吵醒熟睡人们的工具，而且深夜里像卖粽子的人大声叫嚷，是他觉得有失尊严而有所不为的。最后他选择了木鱼——让清醒者可以听到他的叫唤，却不至于中断了熟睡者的美梦。

木鱼总是木鱼，不管从什么角度来看它，它仍旧有它的可爱处，即使用在一个馄饨摊子上。

我吃老人的馄饨吃了一年多，直到后来迁居，才失去联系。但每当在静夜里工作，我仍时常怀念着他和他的馄饨。

老人是我们社会角落里一个平凡的人，他在临沂街一带卖了三十年馄饨，已经成为那一带夜生活里人尽皆知的人。他固然对自己亲手烹调后小心翼翼装在铁盒的馄饨很有信心。他用木鱼声传递的馄饨也成为那一带的金字招牌。木鱼对他，对吃馄饨的人来说，都是生活里的一部分。

那一天遇到老人，他还是一袭布衣、还是敲着那个敲了三十年的木鱼，可是老人已经完全忘记我了。我想，岁月在他只是云淡风轻的一串声音吧。我站在巷口，看他缓缓推走小小的摊车消失在巷子的转角。一直到很远了，我还可以听见木鱼声从黑夜的空中穿过，温暖着迟睡者的心灵。

木鱼在馄饨摊子里真是美，充满了生活的美，我离开的时候这样想着，有时读不读经都是无关紧要的事。